中国科幻精品屋系列⑲

金 涛 总策划

命殒天涯

饶忠华 主编

科学普及出版社
·北 京·

图书在版编目（CIP）数据

命殒天涯 / 饶忠华主编． —北京：科学普及出版社，2018.3
（中国科幻精品屋系列）
ISBN 978-7-110-09312-2

Ⅰ．①命… Ⅱ．①饶… Ⅲ．①科学幻想小说－小说集－中国－当代 Ⅳ．①I247.7

中国版本图书馆CIP数据核字（2016）第026699号

策划编辑 徐扬科
责任编辑 林 然
装帧设计 青鸟意讯艺术设计
插　　图 范国静 赵连花 郭 芳 刘小匣 刘 正
责任校对 凌红霞
责任印制 徐 飞

出　　版 科学普及出版社
发　　行 中国科学技术出版社发行部
地　　址 北京市海淀区中关村南大街16号
邮　　编 100081
发行电话 010-63583170
传　　真 010-62173081
网　　址 http://www.cspbooks.com.cn

开　　本 710mm×1000mm 1/16
字　　数 175千字
印　　张 13
版　　次 2018年3月第1版
印　　次 2018年3月第1次印刷
印　　刷 北京盛通印刷股份有限公司

书　　号 ISBN 978-7-110-09312-2/I・452
定　　价 35.00元

序

世界上有很多人会做奇怪的梦，他们的梦又奇妙，又好玩。

在梦中，他们乘坐宇宙飞船，冲出大气层，飞上月球，飞向遥远的星座，甚至在银河的小行星上盖了房子，建了许多工厂和雄伟的城市。但是他们很快遇到了麻烦，宇宙大爆炸的冲击波毁灭了他们的家园，于是劫后的幸存者驾着飞船，成为孤独的漂泊者。

在梦中，他们像鱼儿一样潜入海洋，在深深的海底开采矿床，建造海底城市，也建成了海军基地和强大的舰队。正当他们雄心勃勃地扩张地盘、争夺海底富饶的钻石矿时，一场可怕的大地震爆发了，于是山崩地裂，海水沸腾，谁能逃过这场浩劫呢？

在梦中，他们进入了很深的地底下，居然发现地球内部还有一个世外“桃花源”，芳草鲜美，落英缤纷。那里的人像袋鼠一样跳跃走路，住在黑暗的洞穴里，有嘴却不会说话，只能用双手比画几下进行对话，如同人类聋哑人的“手语”，据说这是在地层高压下长期进化的结果。遗传学家考察后发现，这些地底下的聋哑人竟然和我们有相同的基因。

在梦中，机器人部队排成战列，每个机器人士兵都拿着激光枪和锋利的光子匕首，向着古老的城堡发起进攻，那是外星人盘踞的城堡，他们也不甘示弱，从城堡的枪眼里喷出的高温毒液，形成一片炽热的火海……

当然，还有很多梦，既稀奇又令人兴奋。比如：许多可怕的至今无法治愈的疾病，终于找到了特效药；分子型的微型机器人医生从血管、从食道进入人体的内脏，清除病灶、消灭隐患，创造了一个个生命奇迹。

还有很多很多，都是科学技术的新发明带来的惊人变化、创造的一个个人间奇迹，不用一一列举了。

这些梦，看似异想天开、玄妙荒诞，却也令人震撼、趣味无穷，它们写成小说就是科学幻想小说（也称科学小说），拍成电影就是脍炙人口的科幻电影。我相信，这是你们最喜欢的。

摆在你们面前的这部“中国科幻精品屋系列”，就是我国100多年来科幻小说的集中展示。它是由几代科幻作家，在不同历史时期，伴随科学技术的进步而创作的，也从一个层面反映了科幻小说家对于科学技术发明的殷切期望和美好向往。这里面多是描写科学技术的进步给人类带来的福祉，也有对科学技术成果滥用的忧虑。

这套书有一个很突出的特点：2000多篇作品，2000多个故事，时间跨度100多年，是按时间顺序编排的。阿拉伯文学中的经典作品叫作《一千零一夜》，这套“中国科幻精品屋系列”可以称作中国科幻的“一千零一夜”了。

这种分类方法一个很突出的特点，是可以很清晰地看到，中国科幻小说的题材与现当代科学技术的发明和传播相互之间密不可分的关系。这也说明，科幻小说尽管是幻想的文学，但它仍然植根于现实的大地之上。

我还想再补充一点，阅读科幻小说（以及看科幻电影），最大的收获不仅仅是长知识，而是增强你的想象力，这是训练一个人创造力的重要途径。“想象力比知识更重要”，这个观念已经被无数事实证明是有道理的。这方面的体验，只有通过阅读，不间断的、广泛的阅读，才能领会。

最后，我要感谢丛书主编饶忠华兄，并且特别感谢多年来支持丛书出版的科学普及出版社以及为此付出辛勤劳动的编辑们。

金涛

2017年10月20日

目录

致作者

1997年起此套丛书在我社陆续出版，由于年代久远，有些文章作者的署名及联络方式已无从查考，故烦请相关作者与我们联系，我们将妥善解决署名及稿费事宜。

湖怪

刘苗虎

玉莲湖中一处孤岛上住着著名的生物工程学家罗杰斯教授和女儿海瓦丝。他们远离人世在岛上进行遗传工程研究。罗杰斯研究的课题是将某种生物的遗传基因用人工方法取出来，然后又由人工转接到另外一种生物的细胞里，使这个细胞的遗传性状发生变化，从而培育出自然界没有的物种。他的科研课题是蓝色玫瑰和人脸鱼，研究成果足以获得3个诺贝尔奖。但就在即将取得成功前夕，实验室发生大爆炸，连续工作了72小时的教授不幸遇难。

第二天，警方派出黑人警长乔治、利戈警官和科技情报所工作人员菲利尔小姐上岛调查。他们从瓦砾堆里扒出烧成了焦炭的教授的尸体，又寻找教授的女儿海瓦丝。海瓦丝就是不愿见面。警官们意外地听到了屋里有人和海瓦丝谈话的声音——这就是罗杰斯教授创造的新物种“湖怪戴维”。为了创造新物种，罗杰斯教授倾注全力，用脱氧核糖核酸这类遗传物质进行多次重组和拼接，对配方比例进行了上千次的摸索处理。在最后冲刺时刻，他喝了很多酒，酒里被一个伪君子加进了强力致幻剂，造成了毁灭性的大爆炸。3瓶分别装着DNA人、DNA鳗和DNA杉的溶液被粉碎以后，液体自动汇聚拢来流入下水道，在温度、湿度和各自成分都恰到好处时，教授毕生追求的“人脸鱼”诞生了。他称罗杰斯为爸爸，第一个在屋里和海瓦丝接触，介绍了自己，他们成了好朋友。

那个道貌岸然的伪君子就是当年罗杰斯教授的同窗，现在的科技情报所所长鲍勃教授。鲍勃对罗杰斯的科研成就早就心生嫉妒和眼红，为了窃取罗杰斯的研究成果，他派美貌的菲利尔小姐作为罗杰斯的助手，勾引刚刚离异不久的教授。菲利尔终于博得罗杰斯的欢心，拍摄到一张教授的工作照。然后，他带去几瓶与实验室里装金属钾的瓶子完全一样的“女皇露易斯”酒摆在一起。当罗杰斯眼看一种新的杂交品种即将诞生时，激动得从实验橱中取下三角形瓶子，几小块金属钾落入酒杯，立刻发生化学反应，钾推开水中的氧离子，氢离子结合成氢气从水中逃出来，与空气混合，一场罕见的大爆炸就此发生了。鲍勃的阴谋得逞了，连菲利尔小姐也被蒙在鼓里。

为了破案，乔治和利戈开始时完全依靠科技情报所的鲍勃。他们尽管努力工作，都被鲍勃设置的各种假象蒙骗，遇到一个又一个的挫折。菲利尔小姐受鲍勃指使，却又被鲍勃假装的另一个“沙哑的声音”威胁支配，强迫她监视海瓦丝和她的亚米婶婶，为鲍勃提供信息。海瓦丝在“湖怪戴维”帮助下，离家出逃，因戴维以惊人的速度成长，一周后就变成了伟岸青年。他以他的勇敢劈波斩浪，救起了面临危难的鳄鱼大叔。他还在暴雨中救出了受洪水围困的黑人兄弟。为了抢救一条吞食鲍勃酒瓶的鳄鱼，他使尽全力而筋疲力尽。这时乔治警长和菲利尔他们及时找到了海瓦丝和戴维，带回玉湖别墅。为了保护戴维，他们把戴维安排在海瓦丝住房下的地下室里。菲利尔及时向鲍勃报告，鲍勃在一个深夜通过秘密地下通道骗走了戴维。鲍勃骗戴维说，黑人警长乔治正在和教科文组织联系，要把他弄去解剖做标本。鲍勃用隐形飞机把戴维带到400千米外的森林别墅进行生理测试，发现戴维正在衰老。他估计罗杰斯为戴维创造的生命能力和周期为一年，所以他要加快对戴维的压榨。他知道戴维怀念海瓦丝，就用下海去探测深海河床作为条件，换取同海瓦丝见面。戴维尽管身体尚未复原，还是下到深海区，这里是历代沉船最多的地方，有无数宝藏。戴维下到海底，见到许多珍宝，最后找到一个四方雕花箱子。他举箱浮出水面，鲍勃大喜过望地接过来急忙要打开，却怎么也没法开启。戴维爬上艇，要鲍勃尽快靠岸，他迫切需要阳光。鲍勃想到一靠岸，戴维就要去寻找海瓦丝，再不能为他所用。他嫌一个箱子太少了，就用激将法促使戴维二次下水。戴维冒着寒冷二次下水，用尽力气，又找到个古瓷瓶，当他举瓶浮出水面时，50米外小艇上的鲍勃加速马力开过来，赶紧接过了瓷瓶。鲍勃凭自己的考古知识，懂得这是著名的法国纳韦尔瓷器，与中国古瓷齐名。鲍勃细看小口径大肚子的瓶口有个木塞，拔去木塞看到了里面有一卷羊皮纸。鲍勃估计是记录沉船遇险经历的绝密档案。鲍勃沉醉在发财美梦中，希望取得更多的宝贝。而戴维只得躺在舱里，苦苦哀求着快把他送上岸去，让他晒到阳光。鲍勃为从他身上获得更多，就将小艇开回湖岸。戴维躺在草地上，在阳光照射下，体力开始恢复，过了几分钟，他站立起来，伟岸的体形如同希腊雕塑一般健美。他要鲍勃履行谎言，鲍勃骗他上艇去寻找海瓦丝，戴维不上艇，他要自己通过森林去寻找。鲍勃见戴维转身要走，突然露出凶狠嘴脸，掏出手枪，恶狠狠地说：“我知道你力大无比，谁都靠不近你，但我可以开枪，子弹将穿透你的心脏。我要把你背回去，做一件生物标本。”戴维怒不可遏地停止了脚步，他等待着枪响，他还不知道这枪口里的铁弹到底有多大威力。鲍勃曾是一个地道的科学工作者，但他走的道路变了，经过专业训练，成了一个反间谍老手。他不想用枪，把枪扔到草地上，又从身上拔出匕首，冲到戴维身边，发狂似的一声吼叫，将戴维拦腰抱住，用匕首扎进戴维的右肩膀，鲜血汩汩流出。戴维用手捂住肩膀，瞪大眼睛看了鲍勃一眼，继续踩着没脚背深的湖水前进，鲍勃紧追过来。戴维用脚搅动湖水，鲍勃感到水里传来一股强大电流，像万根钢针扎进他身体，接着被击倒在水里。这时警长乔治他们驾着小艇寻找过来。鲍勃的真面目暴露，小艇从水路踏上归途。可是海瓦丝和戴维却不见了。

戴维扛着海瓦丝走在高坡上。他的脚步越走越慢，最后停在大树旁。戴维告诉海瓦丝："我不是鱼，不是植物，也不是人，命中注定我大概只能活上一年时间。我春天出生，现在是冬天了。你快上高坡去，有人来找我们了，你快去。"

海瓦丝走上高坡，是警长乔治他们找来了。大家回到大树旁边，戴维已经消失了。

《湖怪》，福建少年儿童出版社，1997年2月，李静敏改编

基因密码

刘　牛

在奥林匹克生物竞赛中，中国的林云飞获得金牌，获得银牌的是曾获诺贝尔奖的美国加州大学教授麦克的女儿杰姬。

麦克教授看到林云飞的试卷里有基因研究方面许多天才的想法，表示欣赏，推荐他到加州大学深造并作为自己的助手加以培养。中国基因科研主攻方向是农业科学，人类基因研究仍很薄弱。

美国为了确保自己的地位，必须网罗各类优秀人才，利用基因工程技术，保持人才优势，因此投入大量资金，准备用15年时间阐明基因功能、序列位置、排列组合方式等全部密码，弄清衰老和死亡的奥秘。在美国，存有各民族优秀科学家和著名人物的基因标本，如爱因斯坦、列宁……有了这些基因标本，就能复制这些人。这给了林云飞极好的学习机会，他决定留在美国。

林云飞的好友危地马拉人阿克沙尔在车祸中受了伤。尽管林云飞和杰姬诚恳帮助他，但他不肯去医院。阿克沙尔出于感激道出了原委："在危地马拉原始丛林中还残留着一个玛雅人部落，他是这个部落掌握权力的大祭司的儿子。他们的祖先创造了灿烂的

文明，16世纪时被西班牙人用武力与瘟疫打败。那里有一种‘金背猴’，只要和女人交配，就能把身上的疾病传染给那个女人。不到两三年，她就会死去，而且会传染给和她性交过的男人，这和中非的‘绿猴’一样，是艾滋病的传染源。但我们有治疗这种疾病的秘方，能得到预防，所以玛雅人的血管里，天然地流淌着免疫艾滋病的血液。如果没有这种秘方，我们早就死绝了。因此，大祭司一代一代传到我手里。尽管我的血液有免疫功能，但医院也会以为我是艾滋病患者。”

已经深深爱上聪明、勤奋的林云飞的杰姬想和爸爸麦克教授商量，帮助林云飞完成关于艾滋病免疫阶段的基因实验。不料，麦克沉下脸：“我知道你对那个中国人有感情，但爸爸和他的竞争关系到国家利益，你就和爸爸一起参加‘樱花行动’吧。”可杰姬弄不明白，为什么要把那几个日本种族的基因，复制成千万个相同的遗传蓝图——原来，麦克在金钱的驱使下，用自己的基因技术加上日本少数战争狂人保留的战犯基因标本，借口打预防针，给日本议员移植了好战分子的基因，取得了预想的效果。有些反对军国主义的议员，不再顽强地坚持原来的政治观点，而那些极右派则变得更加丧心病狂了。下一步，他们计划对自卫队员进行基因移植，让普通官兵接受基因母本的思想、意志和行为，这要比进行赤裸裸的军国主义教育效果更好。这项罪恶的“樱花行动”计划已经开始实施。他们不断地给麦克大量的金钱，迫切地等待在实验室里重新创造出一个无敌的军队，妄图使军国主义死灰复燃。

杰姬痛恨爸爸的行为，告诉了林云飞“樱花行动”的内幕。林云飞非常惊讶，心上的弦绷紧了。两个相爱的年轻人清楚地知道，道德对麦克已经不起作用，他们决定想办法进入绝密的实验室和基因档案室，搞清其中的更多秘密。

当加州大学熄灭最后一盏宿舍楼灯光后，两人来到麦克教授的实验室。杰姬报出密码，自动门打开，世界上最先进的基因库呈现在两位特殊来访者眼前。杰姬用电脑调出“樱花行动”的实施资料，基因母本下显示出一系列在国际法庭上受审的战犯名单。林云飞不禁倒吸了一口冷气。这时，整个实验大楼发出尖锐的警报声，他们连忙用一瓶硫酸将全部战犯的基因母本销毁。

麦克教授望着被硫酸烧毁后的“樱花行动”基因母本，痛心疾首。但他不能对“肇事者”提出起诉，除了包括自己的爱女外，更重要的是，如果“樱花行动”公之于众的话，被起诉的完全有可能是他自己。

林云飞被开除学籍。当然，中国人类科学基因中心像迎接凯旋的英雄那样迎来自己的新主任，而主任夫人就是外籍研究员美国姑娘杰姬。

阿克沙尔回到热带雨林和同胞商量，准备同华人企业家联合开发艾滋病防治新药。

世界变得更美好了！

《基因密码》，福建少年儿童出版社，1997年10月，陈家乐改编

智慧泡沫

刘松涛

科幻作家流星雨神秘地失踪了。保姆小蕙说，他是在家里消失的，她亲眼目睹了流星雨消失的全过程。

小蕙说，那天下午，有个自称是《未知世界》杂志的美编青木来访。青木说，为提高杂志知名度，扩大销量，曾向社会征集外星人照片，他负责这一工作，但应征作品无一例外是伪造的。

青木说，一天晚上编辑部来了一位不速之客，带来一张照片，

背景是绿草坪，中央有一团白花花的泡沫，说这泡沫便是外星人。那人还说，宇宙中高级智慧体，不受时间和空间限制，形如泡沫。它们聚集在太空中，成为飘浮的智慧云团，能吞食星体。智慧泡沫落到地球上，能以任何形态出现或消失。那位应征者说到这里，冷笑几声，就消失了。

小蕙听得入迷。青木半开玩笑地说："流星雨先生的作品，幻想奇特，会不会是外星人呀！"流星雨笑着问小蕙："你看我像外星人吗？"小蕙觉得有趣，笑嘻嘻地说："你还真像。"

本来是一句玩笑话，流星雨听后愣了愣，长叹一声，化成了泡沫。小蕙惊骇地看到，这堆泡沫飘起来飞到窗外，不见了。青木眼见流星雨消失，说了句"到底沉不住气"，也化成一团泡沫消失了。

小蕙把这经过告诉了前来调查的警察。但是，警察不相信，所有人都不相信，都以为那是小蕙编的科幻故事。

《科幻世界》，1997年第12期，方人改编

时空捕手

刘维佳

贺小舟是来自23世纪的时空捕手。他来到公元前400年的战国时代。风从谷口呼啸卷来，他慢慢地走着，从怀里摸出一朵铂花，它是女友慧慧亲手做的。他这次领受的任务是追杀利用超时空输送装置回到过去时代的偷渡者。

山谷那一头出现一个人影，射线检测仪证实了是名偷渡客。贺小舟隐入茅草丛中。当偷渡客走近时，贺小舟从隐身处飞窜出来，把偷渡客扑倒在地。那人没有怎么反抗。贺小舟掏出手枪对准了他。那偷渡客请求在临死前看一看这里的人们和他们的生活。贺小舟心一软，答应了偷渡客的要求。

半小时后，贺小舟押着偷渡客来到山腰中的悬崖上，下面是一个村庄，公元前400年的人群在辛勤地劳作。偷渡客跪在悬崖边，当胸合十，闭目诵经。贺小舟不信佛，但还是让偷渡者祈祷佛祖，超度灵魂。偷渡客自言自语，谈起自己的经历，他是个失败者，学的是中医，现在没有人要中医治病。这个村子里缺医少药，他可以帮助他们。偷渡者向贺小舟恳求放了他。贺小舟无动于衷，只同意再给他5分钟，让他回忆一下生活中美好的一面。

偷渡客又开始低声诵经，贺小舟慢慢地扣动了扳机，子弹把偷渡客的后脑勺撞裂，他倒在岩石上。贺小舟从包里取出一瓶高能燃烧剂，撒在尸体上，呼一声，火燃了起来。任务已经完成，贺小舟心里却十分难受，偷渡客是个好人，为什么不给他一个机会。

贺小舟在山顶坐了许久，离返回时间还有六七分钟，他服下了那份能防止射线伤害的药物，胃里灼伤般疼痛，他大声呻吟。贺小舟站起身向山下跑去。

他跑不动了，体内的药物向他发动最后的攻击。贺小舟愤怒地巨吼一声："慧慧！"人便像火炬一样燃烧起来。10分钟后，大地多了一堆白灰，灰中有一朵铂花发出白光。

倪慧现在的心情是悲伤的，贺小舟永远地走出了她的生活。贺小舟是用克隆技术培养的人形生物，他们被制造出来是为了完成人类无法完成的使命——超时空传输去捕杀时空偷渡客。人形生物一旦完成任务，药物产生的高热就使服药者焚化。倪慧刚出大学校门，第一件工作便是按照自己的意愿塑造了克隆人贺小舟，她还玩了一次爱情游戏，以自己的形象为蓝本，为贺小舟设计了女友"慧慧"。倪慧对这游戏乐此不疲。今天，贺小舟站在时空输送室时，倪慧心里一震，意识到这个人再也不会与自己相见了。当她通过时空监测仪看到他在荒山中绝望地奔跑，发出最后一声"慧慧"呼叫时，她几乎昏倒。

他死了，带着他的爱、他的忧伤死了。这是个时代的悲剧。倪慧竭力想安慰自己，眼泪却顺着脸颊往下淌着。她跪了下来，双手合十，她要为贺小舟的灵魂祈祷。

《科幻世界》，1997年第2期，方人改编

黑月亮升起来

刘维佳

耳机里传来的嘈杂声使毕晓普烦躁不安，死亡绝对不可避免了。又有人自杀了，在碎石上翻来滚去地挣扎着，氧气瓶从他背上脱落。副舰长走到那个自杀者身边，枪口顶在自杀者的面罩上扣动了扳机，鲜血溅落在火星的尘埃里。

沉寂注满毕晓普的头盔，他想着弃舰时的情景：安琪被人群拥进3号救生舱，而他挤进2号救生舱。对幸存者来说，恐惧与绝望的煎熬是漫长的。毕晓普不知道自己能否挺得住，与其坐在这里等死，不如抓紧时间干点儿事，他站了起来。向救生舱门走去。副舰长同意毕晓普出走，让他取走了备用氧气瓶。

毕晓普在火星上蹒跚前行。他想着安琪，那记忆中的笑声，唤醒许多旧事。他此刻需要她。电子地图显示3号救生舱还有相当距离。他明白，温柔的安琪投入火星开发完全是出自于对他的爱。正是对他的爱，使安琪陷入死亡的陷阱，但他还没完全领悟爱情的真正含义。死亡已近，他需要安琪，他记得曾经和安琪争论过自杀是否可取。安琪有些害怕死亡。

太阳沉入了地平线，火星的卫星升起来了。毕晓普背上瓶中的氧气已用完，他换上了备用瓶，再也没有退路，生命只余下最后一段，死神在向他逼来。大地骤然变暗，火星的卫星成了一轮黑月亮，他领悟到了死亡的含义，这个世界马上要离他而去，他放声哭了起来，渴望安琪能在自己身边。

太阳出来了，驱散了阴寒，给他注入了活力。他一定要赶到安琪身边，和她共同度过生命的最后时光。远方地平线上出现了一辆火星车，又听见一声爆炸。火星车上有个人，他拿着一支步枪，对着地面上的氧气瓶在射击，又一声爆响，贵似生命的氧气瓶炸得粉碎。

火星车上的人发现了毕晓普，那人说："死亡是宇宙中唯一永恒不变的东西。人从永恒中走来，该回到永恒中去，一切不值得留恋。"那人大放厥词，令毕晓普害怕。他不想和那人争论，要抓紧时间寻找安琪。他绕开火星车，继续前进。

毕晓普终于找到了奄奄一息的安琪。她背上还有一只氧气瓶。她中了弹，是一个疯子说要帮助大家结束生命。毕晓普把安琪抱在怀里，双方的面罩贴在一起。毕晓普轻声地向安琪诉说自己的爱意。他沉湎于两个人的世界，忘却一切，只觉得心情前所未有的安宁、平和。

太阳又沉入了地平线，黑月亮就要升起来了，他不愿意离开这个现实的世界，他渴望能和安琪一起活下去。不知什么时候，火星车的主人将枪口对准了他们，说要帮助他们永远结束对死亡的恐惧。毕晓普斥责他，枪口慢慢垂了下来。安琪望着星空说："星空，真美！"

毕晓普紧紧搂住安琪，只希望能在阳光中走向另一个世界。

《科幻世界》，1997年第12期，方人改编

超级影星

刘卫华

梦丽是狂热的“追星族”，在她的闺房里贴满男影星的照片，这些英俊的男影星有难以抵挡的魅力，但也有不尽如人意的地方。当亚当在银幕上出现时，他完美无缺，彻底地征服了梦丽，征服了无数观众。

一年一度的银幕形象最高奖揭晓，亚当成了当然的最佳男影星。颁奖时，人山人海。从千里之外赶来的梦丽，拿着小本子，拼命向前挤，想一睹亚当英俊的形象，并得到他的签名。

剧场大幕拉开了。在一群美艳女演员的簇拥下，在警察挽手组成的保护圈中，风度翩翩的亚当，微笑着出现在舞台上，向人群挥手致意。梦丽穿过人群，飞上舞台，她伸开双臂要拥抱他一下，却不可思议地扑了个空，撞到后面一个女演员身上，台下的观众也惊住了。但亚当似乎对发生的一切毫无知觉，他继续微笑着，挥舞着手。

警察把梦丽赶下台。梦丽望着亚当疑惑地眨着眼，剧场成了掌声和欢呼声的海洋。

在她身后传来资深者的评论：

“亚当使大影星失去光彩。”

“电脑制作的全息形象是电影发展的里程碑。”

“全息形象明星不可能代替人。”

原来亚当是高科技制造出来的虚幻影像明星，是电脑搞出来的！梦丽将手中的本子撕得粉碎，从此退出了“追星族”行列。

《科学之友》，1997年第4期，方人改编

毒　蛇

柳文杨

老头子用个人接口接通中心电脑，与实验站上的庞贝作每日的例行联系。庞贝没有反应。他退出中心电脑，来到宇航中心。会说话的二号电梯将他送到6楼，进了办公室，用可视电话拨通了轨道实验站的号码。可视电话的电视屏幕上一片空白，没有人接听，他想必须找人去轨道实验站看看，把那儿的工作接替下来。老头子呼叫了正在度蜜月的斯基。

宇航员斯基在一次航天晚会上与格蕾蒂一见钟情，几天前举行了简朴的婚礼。老头子与斯基一见面，开门见山，要他去轨道实验站。斯基爽快地答应了。两个半小时后，斯基开着航天飞机到了轨道实验站，给老头子传来信息：庞贝被毒蛇咬死了，右手外缘有毒蛇咬的伤口，一定是在给眼镜蛇喂食时被咬的。

庞贝的遗体怎么处理呢？老头子说："给庞贝进行天葬。"庞贝是斯基的妻子格蕾蒂的同学，才从B国某航天基地调到宇航中心工作，斯基用航天飞机把装有庞贝尸体的袋子扔进宇宙深处。斯基处理完尸体，把那条眼镜蛇放回缸里。老头子关照斯基要加倍小心，定时联系。

老头子下班回家后，临睡前还与斯基进行了联系。他梦见那条毒蛇，张口咬住了斯基。老头子从睡梦中惊醒，连忙呼叫斯基，没有回应，他想得再派人去看看。宇航员吴维被老头子叫醒，得知要自己去实验站，于是坐了小型航天飞机进入太空。

吴维认真地考虑了庞贝的死因，认为庞贝不是一个粗心人，眼镜蛇窜出来咬人的可能性很小。斯基与庞贝关系不错，又听说庞贝爱赌。吴维的航天飞机到了轨道实验站，发现斯基已死了，是睡觉时死的，眼镜蛇缠在他脖子上，那蛇还在吐着黑色的舌信。吴维戴上头盔，把那蛇打得晕头转向，并塞进了玻璃缸，用盖子盖紧，然后用可视电话向老头子报告。为了搞清死因，老头子要他把斯基的尸体带回。

吴维对轨道实验站进行了仔细检查，实验站上没有能藏人的地方，还发现食品柜几乎是满的。吴维要老头子把斯基的死讯告诉斯基的妻子格蕾蒂。然后，吴维关闭电话，把斯基的尸体翻动一下，在他的枕骨下取下斯基和庞贝的个人接口板，把它装入一个瓶里。

吴维回到实验舱，强烈的危机感使他的倦意一扫而光。吴维想

到食物柜里一件件没有动过的食物，感到奇怪，决定到B国某基地去一趟了解情况。

第二天上午九时半，吴维出现在老头子的办公室。斯基的遗体送去检查后，老头子从传真机上取下验尸报告：斯基是被蛇咬死的。吴维与老头子一起乘电梯来到一层大厅，在沙发上坐等斯基的遗孀到来。吴维说："有人利用人们模糊的概念和固执的成见来犯罪。"老头子不明白谁是罪犯？

此时，斯基的遗孀格蕾蒂到来，她眼睛红肿，急着要见斯基。老头子带领她乘入了那台会说话的电梯，这台电梯讲了一则故事：女人杀死丈夫把他丢进冰库，丈夫临死前，把凶手名字写在自己的舌头上。格蕾蒂听了这则故事，呆呆地想着心事。

到了6楼，穿过楼台上的生态花园里的一条小溪时，格蕾蒂竟跨不过去，落在水里。这时，吴维大声对格蕾蒂说："你记得刚才的故事吗？我领你去看看斯基的舌头。"格蕾蒂说："不。"吴维抓住她说："你跳不过小溪，是你还没有从失重感觉中恢复过来。今天早晨你还在太空，用航天飞机把丈夫的尸体送上实验站。"

格蕾蒂听了全身发抖，说道："我是被迫干的！"吴维把格蕾蒂的个人接口板取了下来，叫保安部派人来，带走格蕾蒂。

在办公室里，吴维向老头子讲了事情真相："斯基与格蕾蒂在印度的秘密别墅里度蜜月。像古代耍蛇人一样，格蕾蒂用毒蛇咬死丈夫，而庞贝是她的同伙。庞贝在B国某航天基地赌债累累，还有用秘密账贪污公款的嫌疑，只要他一死，麻烦就没有了。格蕾蒂在晚会上认识了斯基，斯基对她一见钟情。格蕾蒂从斯基嘴里知道了轨道实验站、眼镜蛇和缺少宇航员的情况，于是介绍庞贝当上宇航员，并密谋杀人计划，造成庞贝已死的假象。庞贝留在轨道实验站上，斯基在地球上度蜜月。格蕾蒂让毒蛇咬死了斯基，同时驾驶航天飞机到轨道站接了庞贝，一起飞回地球，把斯基的尸体搬进冰柜冻起来，把斯基的个人接口板插在格蕾蒂头上。这样，格蕾蒂以斯基的身份与你保持联系，接受登上轨道实验站的任务。而庞贝把斯基的尸体搬上航天飞机，摆进实验站。两人在实验站里待了一天，又一起返航，事情就是这样，或许庞贝还在印度别墅里睡大觉。”

老头子点点头，跟警察局进行了联系。老头子心中充满疑问，问道：“为什么不让庞贝在太空舱装死，等斯基接管时用毒蛇偷袭？”吴维说：“在太空舱搏斗危险，不如把斯基杀死在地面。”老头子听了点点头：“电梯讲故事真精彩，以后让它别讲了！”

《科幻世界》，1997年第7期，方人改编

生命二重唱

刘伊苑

莫可是电台节目主持人，回到家里，照例把当天的经历和感受输进电脑。输入完毕后正要关机，屏幕上出现一行字：等等，莫可。莫可感到奇怪：“你是谁？你要干什么？”

“我是一个忠实听众，就叫我梵吧。今天，你们讨论了生命与死亡。你说，死亡其实是种美好，是一种彻底的解脱。我说莫可，你错了！生命太美了，否则，生就没有意义。死也不是解脱，而是永远的遗憾。”话到这里停住了，莫可深深地被震撼。“莫可，你不会生气吧，我得离开啦！”“你明天来参加我们的节目吧！”莫可发出了邀请。“不行，我不能参加你的节目。”

第二天晚上，梵的信息如期出现在电脑上。莫可和梵在电脑上交谈，谈人生，谈事业。梵的建议和批评对莫可主持的节目帮助很大，奇怪的是梵只愿夜晚“无声交谈”，从不说自己的现在。

又一天，莫可赶回家，刚打开电脑，一个熟悉的信息进入他的

信箱。又是梵，“莫可，这是最后一次和你通信。”莫可吓了一跳，“什么？为什么？”

“我不是一个活着的人，只是进入你电脑的一个意识。我原是一个叫晓梵的女孩，为庆祝17岁生日，我们去郊外。途中遇到车祸，震耳的爆炸声，我感到疼痛，感到流血，感到死亡。父母把我送到医院抢救。医生在喊，快用DV电脑。一股强电流冲进我的脑子。我的意识被大脑分离了出来，带进了电脑网络。”

“我的生命结束了，我的意识却无比强烈。我对生命的留恋和盼望非常强烈，我要生命，我要拼搏。我不顾一切地在电流里左冲右撞，不经意进入电波网，居然可通过电波，通过意识感受你的话。从此，我认识了你，我荣幸地拥有了第二次生命。那天听了你对生命的看法，我不顾一切地闯入你的信箱，我们作了交谈，成为挚友。当发现我对你制作的节目有帮助时，我感到了第二次生命的价值和意义。这是美好的，但这美好把我带到生命的终结。电脑中传递信息会产生更强的电磁力，完全毁了我的意识。反复的、长时间的电磁振荡，使我的意识开始模糊。”

“莫可，答应我，珍惜生命，运用好生命的每天、每时、每分……”

最后一行字句已模糊，莫可疯狂地打击键盘，“梵，你还在吗？你不要离去！”此时，屏幕上闪出一行字，是梵用最后力量传递的信息：“愿你生命中能拥有足够的云彩，造就一个美丽的天空！”接着出现一个女孩的脸部曲线，眼、鼻、嘴，多美丽的女孩！

几年后，莫可成了最受欢迎的电台节目主持人，使无数听众热爱生命，珍惜生命。

《科幻世界》，1997年第10期，施鹤群改编

魔鬼方舟的沉没

刘　咏

一天，北京传出消息，中国科学家首次在人的身体上更换基因获得成功。百岁老人可返老还童，身上所有特征都显露出年轻人特点。这则消息引起了某国野心家的嫉妒。根据情报，中国还有一项成就没公布，他们便采取了行动。两天后，一颗载人的人造间谍卫星在中国上空窥视，过了不久，这颗间谍卫星与另一颗人造卫星相撞，被撞得粉碎。

野心家们目瞪口呆，他们猜测，中国未公布的另一项成就就是这神奇的新式武器。他们立即召见本国科学院院长，要他把这两项成就窃取过来。

北京郊区基因工厂里，总工程师郑颖君今天的心情很好，因女儿今天要从国外回来了。这时，密码组装车间工作人员王莲姑娘向郑总报告，车间里出了事故。从电视屏幕中，郑总看到青年技术员孟辉已找到事故原因，并排除了故障。郑总通知管理液氮池的老金师傅把废品清理出来。产品是在液氮池里快速冷冻后，再贮进仓库，需要时把基因从液氮中取出，在正常温度下复苏。他们提醒徒工小陈系安全带，小陈笑答："掉进液氮池里冷冻起来，进入仓库，20年后活过来才20岁刚出头，那太有意思了。"孟辉把蓝色塑料本——1万个基因遗传密码交给郑总。郑总提醒他，别忘了下午一起去接女儿芳芳。王莲在一旁插嘴说："他晚上还要请芳芳去看马戏呢！"

生命信息研究所副所长秦奇教授和助手高桐在荧光屏前观察光点信号。他研究的生物电波已获成功，可捕捉到每个动物的生物电波，如果已知某动物生物电波的波长等特点，不论这动物走到哪里，荧光屏上会立即显示出来。这项成果还需要完善，因而未公布。高桐说：“有人称它为新式武器。把间谍卫星消灭时，我太高兴了。”教授说：“这叫太空降魔。”

正在他们谈话之际，郑颖君来找老秦，说下午去接女儿芳芳，孟辉晚上请女儿看马戏。

秦教授说：“听朋友说这个马戏团的行踪可疑，他们拥有的奇异禽兽都必须有最先进的遗传工程技术才能创造出来……这个马戏团很可能是某欲霸世界大国的一支特种部队，专搞间谍活动。不过没关系，我正想捉几个地面上的鬼呢！”

航行在太平洋高空的客机中，郑芳芳身旁坐着个40岁左右的西方男子，名叫维克多，据他自己介绍是研究生物的，这次是参加一个国际组织的科学团来中国考察。他听说芳芳的父母和他是同行。非常想见见面。和维克多同来的还有两个青年人，姑娘叫贝莉，小伙子叫西蒙。

当晚，孟辉陪芳芳观看宇宙奇观大马戏团的精彩演出时，芳芳惊奇地发现，表演“少女与蜘蛛”的男女演员竟是西蒙与贝莉。她高兴得与孟辉一起来到后台。维克多也在，原来他是马戏团的总设计师，珍奇动物新品种大多是他创造繁殖的。芳芳告诉他们，父母愿和他们会面。

第四天午后，中国方面安排维克多等人参观生命信息研究所，还开了座谈会。临别时秦教授介绍自己是芳芳的父亲，并为芳芳妈妈因身体不好未能参加会见表示歉意。这样的会见令维克多等三人失望。经过密谋他们制订了代号为“魔鬼方舟”的行动计划，要窃取基因工厂和生命信息研究所另一项未公布成就的资料。

在马戏团要离开中国的前一天午后，维克多打电话到芳芳家，芳芳说父母上班了，他要芳芳在家里等他。下午，芳芳陪西蒙到基因工厂参观，门卫认识芳芳，让她进厂直接找孟辉。在密码组装车间，王莲为芳芳找来孟辉。他们俩感到纳闷，今天芳芳怎么会带外人进车间。芳芳对孟辉说："是妈妈叫我直接找你的。"孟辉这才消除了疑惑。带他们参观工厂，还作了详细介绍。

参观结束，孟辉送芳芳和西蒙离厂。门卫好久没见孟辉回来。20分钟后，孟辉才回来就直奔郑总办公室，说忘了密码，要借用蓝塑料本。郑总觉得奇怪，但还是将蓝塑料本交给了他。孟辉回到自己办公室，迅速把本子内容拍照后又直奔液氮池，路上遇到老金，老金奇怪他走路姿势与平时不同。

小陈要孟辉检查机器毛病，但他支开小陈，又偷拿液氮瓶。在孟辉走后，郑总感到孟辉今天的行动异样，这时王莲和老金找来，也提出疑点，还说芳芳来过。他们立即打开电视，看见孟辉在偷液氮瓶，还看到小陈正在抓孟辉，在他俩争执间，老金揿动电钮，假孟辉掉进液氮池里被冷冻了。他们立即报警。

与此同时，芳芳来到生命信息研究所，直奔试验室。秦教授与高桐惊奇芳芳反常，即命她到办公室，在办公室外她见到妈妈也不认识。在妈妈责问下，芳芳说今天脑子糊涂了。在郑总摸她头是否发烧时，她取出小手枪对准郑总，高桐迅速向她扔了一个热水瓶，然后把她抓住。郑总拉下她的头套，原来是贝莉。公安人员逮捕了她。

原来，芳芳接到维克多电话后，被他用汽车接去吃了维克多的一块巧克力后就睡着了，由贝莉化装成芳芳来到基因厂。孟辉则是在送西蒙离厂时，抽了他的烟睡着的。西蒙装成孟辉返回基因厂盗取资料，被抓获。

维克多把睡着的芳芳和孟辉一起放在车上，兴奋地认为"魔鬼方舟"快成功了，即使弄不到资料，也可从这两人口中掏出情报。他驾汽车急驰S市，准备躲进某国领事馆。秦教授和高桐一起，再加上摩托车队、直升机，用生物电波探索，很快就发现汽车，并用生物电波进行袭击干扰。孟辉醒来与维克多搏斗使汽车掉进河里，正好追捕车队赶到，将维克多擒获。芳芳很快被抢救过来。

魔鬼方舟沉没了。

《魔鬼方舟的沉没》，福建少年儿童出版社，1997年10月，赵潞先改编

2020年教师节

刘韵飞

早上，万能机器人把我叫醒。今天是教师节，我带着礼物坐上飞艇飞向月球教师新村看望李老师。14年不见，李老师一定老了吧。

我敲开别墅大门，一位中年妇女开了门。我问道："李老师在这儿吗？"中年妇女说她就是。原来李老师一直在服用同学卢可发明的"青春"素。

同学们不约而同来看李老师。卢可已是知名教授，她用火星上发现的两种元素和月球上的几种元素配合，再加上地球上的几种药物，制成了"青春"素，获得了诺贝尔奖。陈羽是地铁公司经理，3星期前打通了大陆到台湾的地铁。

我介绍了自己的工作，在珠穆朗玛峰建成两座世界一流的超雪力发电站，收集冰雪细微分子变化产生的能量将其转变为电力，逐步取代火力发电。说罢，我把诺贝尔物理奖章赠给了李老师。

李老师听了同学们的报告，高兴地说："下个教师节，我将亲自驾飞船回地球看你们！"

《科幻世界》，1997年第4期，方人改编

别了，地球

鲁　岳

我是一名中学生，家住地下城中国B472区，但从未到过地球表面，是土生土长的地下居民。

公元2610年，4月6日上午7点，我打开收音机听早间新闻。忽然，正常的节目中断了，反复播放一个重要通告：

告全体地下城中国居民：

地球即将毁灭。星际联合总署太阳系支部将派出10万艘光子飞船，把地球人迁往“天马3号”星系的俄尔斯星。

电脑显示屏上出现了国务院紧急通告：

请全体地下城中国居民迅速穿上保护服到地面太空站来。

我和爸爸、妈妈赶紧穿上保护服，向太空站出发。路上，我问爸爸：“据电脑显示，地球还有50亿年寿命，怎么马上要毁灭了呢？”爸爸沉痛地说：“这全是人类之过啊！人类污染了地球表面，于是迁到地下，后来人类又把罪恶之手伸向地球内部，挖掘地层深处的资源，致使地球千疮百孔。不久岩浆就要流出地面了。”

到了太空站，大家进入光子飞船。1小时后，飞船以光速飞离地球。船长把超能摄像机对准地球，让大家跟地球告别。屏幕旁的数据显示器显示出一行字：“地球将在5分钟内毁灭。”

大家目不转睛地盯着屏幕上的地球，只见它发生了颤抖，越来越剧烈，仿佛发生了9级地震。突然，只见岩浆迸裂，不断射出耀眼的光束，最后炸成无数碎片，向宇宙深处飞去。

地球就这样完了。船舱里一片寂静，继而人们放声大哭。地球人用最深切的悲哀之情，痛悼他们生存的家园——地球的灭亡。

啊，再过20光年我们将抵达俄尔斯星，它将是人类的第二个地球。但愿我们不会重蹈覆辙。

别了，地球。

《少年科学》，1997年第4期，庄秀福改编

天　演

绿　杨

汉密尔顿研究所专门研究外星生物，两年来拿不出成果。为摆脱困境，汉密尔顿抓住最后机会，从一颗在小行星带发现的行星上取回几块岩石标本，交给了化学分析师米兰特。

米兰特小姐在岩石上没有找到生命的痕迹，却发现它已有80亿年的历史，而太阳系只有50亿年历史，这表明这颗行星是从外空间古老星系来的。这一重大发现，使得汉密尔顿想去这颗行星实地考察。这样重大的行动要听听权威的意见。汉密尔顿想起了已退休的鲁文基教授。

汉密尔顿来到鸟巢别墅，向鲁文基教授当面求教。教授说，孕育生命的条件要有：大气、氧、水、合适的温度和足够长的时间。汉密尔顿把那份行星资料拿给教授看。鲁文基教授看后说，这是一颗侵入太阳系的古老行星，80亿年历史有不少诞生生命的机会。汉密尔顿下了决心要去那颗行星考察。鲁文基教授表示愿意参加行动，汉密尔顿喜笑颜开。

汉密尔顿探险队的太空船泊在一座小火山脚下。5天考察连低等生物的痕迹也没找着。探险队6个人，分3个小队分头工作。

教授的助手梅丽从峡谷里勘察回来，打开瓶汽水喝了起来。技师波罗把梅丽剩下的那瓶汽水倒在纸杯里，一口喝下就躺在床上。

汉密尔顿发现了一粒小化石，像是植物种子。米兰特把它洗净封在试管里。

教授和梅丽爬到一座火山喷口上。梅丽在喷口边缘发现下面一个尖顶金字塔。梅丽说，有金字塔必然有星人，这里危险。教授却说，要是有星人，他们进化时间长，智能比我们高，嗜血习性小，不会是野蛮人。于是，教授用无线电把汉密尔顿的分队也叫了过来。

米兰特放下绳梯，各人依次下去。金字塔很矮，只有1米高，不像是住人的建筑物。众人绕着金字塔转了一圈，什么动静也没有。这个金字塔外表有金属光泽，表面平整。鲁文基教授试着用数学语言进行联系，他勾起食指轻轻叩了六下，果然出现奇迹，三片合拢的叶片张开了摊在地上，星人伸出一条蛇形的软棍子，像是人的手。米兰特自告奋勇前去握手，果真，星人要传递信息了。

鲁文基先和星人对话，米兰特转译了星人的回答。原来，星人不是动、植物，也不是机器，而是能量与智慧的有机结合体，他们没有性别，不繁殖后代。他们的生命体由硅和氢组成，能无限期地生存下去，与天地同寿。为充分利用资源，一星球只有一个星人，宇宙中星人用思维波联网。星人们不寻求其他外星文明，以免思维造成混乱。

火星移到火山上空，星人要充电了，结束了信息交流。归来后，他们看到波罗醉得翻白眼。原来，他喝汽水的杯子装过种子化石。化石上沾有酵母菌，酿出酒来。而酒分子是一种生物，是一种活酒精，能不断复制。为拯救波罗，教授又用数学语言向星人求援。星人说用脱水法脱去活酒精中分子，还口述了配方。波罗由此得救。

汉密尔顿探险队见到了星人，看到了生物演化模式，又带回新形式的原始生物，收获超过了期望。明天准备返航，经过这番波折，没有人再想留下来冒险了。

《科幻世界》，1997年第2期，方人改编

黑洞之吻

绿　杨

鲁文基教授在“鸟巢别墅”大厅的阳台上，望着夜空，他的助手梅丽，用望远镜在观看星星，随便拍些照片。一个不起眼的星座勾起教授不愉快的回忆。这个曾经奚落过自己的巴恩斯，今天突然发来急电，说有要务商讨。鲁文基旧怨未泯，没有复电。

梅丽拍摄到的一张照片使教授惊异：用小望远镜能摄到暗区中的光点，辐射能量一定大得异乎寻常。教授推测有一个黑洞在向地

球冲来，是这个黑洞辐射出巨大的能量。

宇宙协会会议室里，巴恩斯教授和十几个智囊人物在开会，研究这个怪异的R射线源。专家们认为：地球遭到异乎寻常的R射线和X射线辐射，专家们各执己见，争论不下。巴恩斯教授决定让联合国秘书长出面，请出学识渊博的鲁文基教授。

第二天一早，巴恩斯一行人坐的直升机降落在“鸟巢别墅”阳台前面的草地上。巴恩斯和联合国应变指挥部总指挥劳埃德等，是来向鲁文基教授讨教对付太空强烈辐射源的对策的。巴恩斯简要地介绍了一周来关于强辐射源的发现，并推测是一个黑洞。鲁文基教授说是一个太古黑洞在向地球奔来，最终将与地球发生“死亡之吻”。

劳埃德总指挥向鲁文基教授讨教，用什么办法可以阻止这场“死亡之吻”？巴恩斯教授提出，把核装置安置在月球上爆炸，让它去和黑洞“亲吻”。鲁文基教授说：这在理论上可行，实际上却做不到，不如设法去推动太古黑洞，把它推偏一点，不直接命中地球，使它落入一条与地球呈环形的轨道上，一直运转下去，像猫捉尾巴那样，并可成为地球上取之不尽的能源：黑洞能源。

应变指挥部选择了“猫捉尾巴”的方案。各国政府的核部队开始作准备，鲁文基教授依然在“鸟巢别墅”里过日子。梅丽忙得团团转，采购食物和必需品，加固屋顶，“鸟巢别墅”成了一座坚固的堡垒，以应付意外事故。

巴恩斯教授打来热线电话，说“太古黑洞”的体积已经测得，只有一个原子那么大，核火箭很难击中这么小的目标。鲁文基教授听后说，地球和太古黑洞“亲吻”不可避免了，但即使碰撞也不一定会毁灭。消息一传开，各国股市临时停业。天空中聚满浓云，随即霹雳闪电，暴雨倾盆而下。联合国发言人为稳定人心，借用鲁文基教授的威望，说碰撞不会对地球造成重大灾害。

城市停了电，雨仍在“哗哗”地倾倒。鲁文基教授通过电话了解市区情况：许多商店被洗劫一空，到处有暴力和纵火事件，许多地方还发生地震和龙卷风……

热线电话响了，是应变指挥部劳埃德总指挥亲自打来的，“猫捉尾巴”行动已经失败，尽管世界各地37个基地同时发射核弹，但无法击中100万千米外一个原子样大小的目标。应变指挥部决定迁到月球上工作。劳埃德要鲁文基教授一起去月球，鲁文基教授谢绝了去月球的邀请。

鲁文基教授继续待在地球上，“世界末日”这一天，天气晴好，暴力事件也消失，街上空荡荡的，城市十分安静。人们不清楚“末日”的准确时刻。

鲁文基和梅丽在作最后准备：阳台上张起一个遮阳篷，帆布能反射掉射线；遮阳篷下有一张席梦思，可防地震。为了安全，切断电闸。

鲁文基对梅丽说，碰撞会发生，但不会毁灭。太古黑洞只有原子般大，撞进地球后，在地球物质的分子之间的空隙中穿过，但在它还没有穿透地球时，就会被地心吸引力拉回，掉进地心。几百亿吨的质量，对地球来说只增加了一点儿。

正在这时，大地颤抖，周围物体在跳动，远处有人在尖叫。鲁文基和梅丽开始向上飘动，街上的行人手舞足蹈地飞向高空，这是引力场的作用。此时，天空划过一道耀眼电光，震耳欲聋的隆隆声滚滚而来。鲁文基教授和梅丽像被一只巨掌猛打一下，重新跌落在地上。

一切都结束了。教授和梅丽互相扶持着走向大厅，屋里像翻了天。教授对梅丽说：“太古黑洞定在地心里了。”

《科幻世界》，1997年第8期，方人改编

“小人”新闻

罗永模

公元ABCD年E月F日，中国最大的新闻机构发布重大新闻：德国的“小人”将在我国巡回展出。不久，“小人”展览团来到西郊动物园，人们潮水般向中心展览室拥去。人群中，龙传仁教授在护士陪同下来到水晶玻璃球房边，看到他熟悉的已经缩小了100倍的朋友，深深叹了口气，迈着沉重的脚步离开。他向人们讲述了一件往事。

一年前的一天，龙教授向世界各国研究计划生育、生物工程和社会学、伦理学、未来学的专家们做报告，介绍他的研究成果。因为20世纪80年代地球上已经有50亿人口，能源、粮食、失业成了全球性的社会问题，人们用许多办法减轻地球压力，如发射人造月亮、移居太空城和到其他星球上去。龙教授得知几千年前南美安第斯山上曾有过“小人”的记载，不远万里去实地考察，找到一种叫“特山德沙”的草药浸剂，能把人和动物缩小。他带回国后经过30多年研究，制成了缩体剂。他当众进行试验。在实验室里找来一头骆驼、一匹骏马和一头大象，他让助手将药水拌进饲料喂进去，10分钟后，3头庞大动物没有缩小，都躺在地上死了。龙教授当场晕厥过去。等他醒来，才知道进了医院，一住就是一年。

龙教授研究30年的心血变成了“当场出丑”。助手将瓶子里的余液进行化验，结果表明，瓶子的药已经换过，不是缩体剂，而是有剧毒的氰化钾。

缩体剂是龙教授的同行胡里斯特偷走的，是他用酒灌醉了龙教授，把缩体剂换走了。龙教授“出丑”后，他假惺惺地去慰问一番后，悄悄带上缩体剂乘飞机回国去了。因为太累了，他一回家倒头就睡，一觉睡到第二天中午。正好他的两个儿子回家，打开冰箱，弟兄俩把爸爸带回来的药剂当作饮料喝了几口；妈妈回来见到桌上的饮料，也喝了几口。不多一会儿，胡里斯特的家闪起耀眼的光，强烈的电磁辐射干扰了附近居民的电视和广播。人们纷纷过来，胡里斯特惊醒过来一看，妻子和两个儿子都变成了比侏儒还小的“小人”。

商人皮埃里等人得知后，向胡里斯特提出愿出3000个金币买3个“小人”去出国展览。胡里斯特把他赶了出去，自己也昏倒在地。手掌中两个儿子跳了出来，妻子的脚却被胡里斯特的左耳压住了，抽不出来。两个儿子只好咬爸爸的耳朵，耳朵咬出了血，爸爸一动，把妈妈的腿抽出来。因为有儿子的唾液和血液传染，胡里斯特自己也变成了“小人”。他知道只有龙教授能救他们，便与皮埃里商量，双方同意展出一年，收入的30%归胡里斯特做生活和终身保险费，一年以后由皮埃里负责把他们交给中国的龙教授。

龙教授在看过展览后，就让助手找到警察局，警察局局长立刻找展览团头目皮里埃。皮里埃说：“一年期限已满，我本来就是要把‘小人’交给龙教授的。这件事也教育了我，人为了名利，不择手段是不足取的。我将把我一年中收入的一半捐给‘国际科学委员会’，鼓励人们为科学事业而奋斗，莫做科学上的‘小人’。”

《神秘的召唤》，新蕾出版社，1997年7月，周肖改编

离奇的求助信

马利银

我和张医生相爱很久，张医生是位脑科专家。最近，张医生迷上心理学，他发现每个人都有很多潜能。一天，他突发奇想，利用脑科手术把自己脑中有不同兴趣的脑细胞分离出来，分别移植入几个复制人脑中，每个分解出的张医生，从事自己所感兴趣的事业。

手术进行得很顺利。一星期后，七个一模一样的张医生出院了，七个人住在七个地方，各自从事喜爱的工作。我每天往返于他们七家，为他们打扫、洗衣、做饭，简直累死了。

我发现，这样不是办法，我得选择他们其中一个。我选择了当

作家的“张医生”，开始时觉得挺浪漫，时间一长合不来，找不到共同语言；我找到当运动员的“张医生”，他拿了许多金牌，我得天天替他买菜做饭；后来，我找到当企业家的张医生，他竟是个守财奴，一天到晚想赚钱。之后，我又试了三个“张医生”，都以失败告终。最后一位是位脑科医生，谁知手术后他成了工作狂，对我不闻不问，但我做过几年医生助手，同他还有些共同语言。

谁知好景不长，那六个“张医生”都给我打了电话，都说是以前的“张医生”，都要向我求婚，我该怎么办呢？他们都是以前的张医生，伤害任何一个我都于心不忍。有人出主意说把我也复制成七个，可使每个“他”，得到一个“我”。可我不愿意把自己分成七份，这简直是一种变相自杀。我实在想不出什么好办法。请热心的朋友帮我想个办法。

《科幻世界》，1997年第7期，施鹤群改编

红舞鞋

米　兰

门铃响了，进来一位美丽的姑娘，额头上有一颗红痣。她的名字叫红儿，是我向电脑商店订购的机器人秘书。

红儿聪明能干，帮我料理家务。她善解人意，无微不至地照顾我，看上去，她是那么完美。但她额头上的那颗红痣有什么意义呢？为什么给一个机器人额头上安放一个红痣呢？

好几次，我亲耳听到红儿在我背后轻轻发出极似人类的叹息声。一次，我被邀参加一个宴会，但不许带机器人前去，我明显看出她的失望。在宴会后的回家路上，我在一家商店买了双红舞鞋。红儿看到我给她带来的礼物时，喜悦又感动。从这时起，我把她当

作一个真正的女孩儿。

红儿穿上红舞鞋显得更美。红儿给我讲了一个关于红舞鞋的故事，我听着、听着，这故事有股诱人的魔力，红儿看见我听入了迷，脱下红舞鞋，放进了盒子。我真希望她能永远留在我身边。

我的科学研究取得了成果，我发明了一种新型电脑，它能通过电磁波与人脑沟通。多年的努力，终于变成事实，我激动不已，把发明告诉了红儿，并兴奋得将她抱在怀里。异常的是怀中的她竟在微微颤抖，红儿眼中闪着泪花，为我开了香槟。

不一会儿，我进入了梦乡，梦见红儿正捧着红舞鞋。我迷迷糊糊醒来站起身时，看见红儿坐在我的电脑前，她额上的红痣发出刺眼的红色光柱，直照在我的电脑屏幕上，正在接收屏幕上的字母、符号、公式，原来这红痣是一台高精密微型电脑。我清醒了，红儿不是一个机器人，她是一名科技间谍！

我大怒，叫道："红儿！"她额上的红色光柱消失了，对我微微一笑道："我是一名超级间谍，是来拿你的研究成果的。"说着，她随手在电脑上一抹，删去了所有贮存，我多年的研究毁于一旦。她又说道："我这次任务完成得很出色，你的所有研究成果，都被我输入了微型电脑。"

我叹了口气："我真傻，早该知道你不是一个机器人！"听了我的话，红儿怒不可遏："难道你从来没发觉我是有生命的？你看看我，一个真实的红儿站在你面前！"

我被她的话所震动，无言以对。她对我说："我多么希望陪着你，可作为间谍只有死。"

她突然用手指捏住她额上的红痣，拔了出来，鲜红的血流了出来，她倒下了。我连忙抱住她，她睁开眼，将手中拿着的沾满鲜血的微型电脑举到我眼前："把它保存好，离开这儿！谢谢你送我的红舞鞋！"她的身体在我怀中渐渐冷却，她的声音在我耳边回荡着。

《科幻世界》，1997年第3期，方人改编

复 制

毛彦伟

刘老师又在说我，英语成绩怎么老上不去啊？我长叹一口气，心想："又开始'念经'了。""秃子"在教室门口找我。他告诉

我，那个“科学怪人”老头搬家了。他见我们学生辛苦，把那台宝贝机器送给了“秃子”，说能使大脑放松。

我看到那台机器像台电椅，我坐上去，“秃子”合上电闸，出现字幕：人脑联通。我想了想，跑到别人脑子里去看看一定很刺激，于是给机器提示：“刘老师，英语老师兼班主任”。出现字幕：联通正常，限时10分钟。我开始在班主任脑中乱窜，捕捉她的思维片断：“小毛英语考得真不像话，看来要家访”。

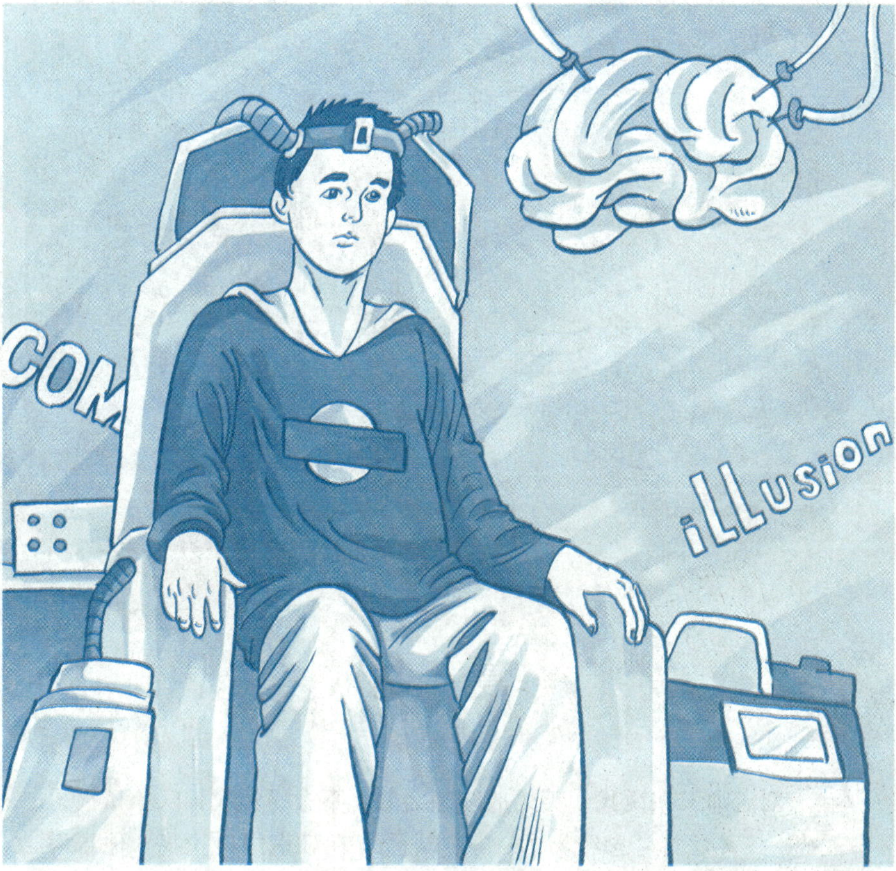

不行，要把英语赶上去，能不能把刘老师脑中的英语细胞在我脑子中复制一份呢？

“你英语区不发达，无法复制。”机器这样提示，我问：“能不能复制在大脑空白处呢？”

“大脑空白处无法复制，该处细胞处于休眠状态。”我连忙指令进行“逻辑整理”。

“该处性质为消极休眠：懒惰”。我的意识一跳，又窜到刘老师的记忆区，这么多的英语知识，排列整齐，像一支操练好的军队。我得向刘老师学习，用心开垦那片大脑休耕地。

我马上退了出来，一阵迷茫。“秃子”冲上来问我：“好玩吗？”我没理他，一动不动，“你生病了？”他把手伸向我额头，我拨开“秃子”的手，说：“你去试试，检查一下大脑有病没病？”

“秃子”迟疑地走向电椅。我跨出房间，向学校走去。

《科幻世界》，1997年第7期，施鹤群改编

冬之神

倪晓明

今天是最重要的日子，冬之神明因穿上全套圣礼服，面具上那可爱的北海灵豚令祭天院长老们大惊失色，上面嵌着神梵天的头像，带上它，能和神梵天沟通。

冬之神静静地坐在海中最高的一块礁石上，眼神忧郁、思绪如潮。梵星是个寒冷的星球，有神梵天的庇护，在环北海沿岸建立起梵星文明。梵天是梵星人供奉了5000年的神。每隔50年，梵天指定一僧为乐之神，指定一尼为冬之神，分管春、冬两季。明因一岁半就登基，是历史上最年轻的冬之神。

梵星上谁也没有怀疑过神。明因翻遍古籍，发现梵星文明在5000年之前是一片空白。对此，她百思不得其解，便戴上面具，向梵天神发问。梵天如实地说出了答案。原来，梵天是一台人造超级电脑，这答案大大超出明因的想象力和承受力。从此，冬之神郁郁寡欢。

一阵惊呼，使明因觉醒过来。抬头望去，天空中出现发光的碟状物，祭天院长老们惶恐不安跪倒在冬之神面前。明因却从容地说："不必惊慌，是另一个世界里名叫'如来'的神派来问候梵天的使者。"

原来，"如来"也是另一台超级电脑。说完，冬之神闭上眼睛，只觉一阵心悸。

《科幻世界》，1997年第1期，方人改编

入　侵

聂作平

比萨曾被认为是人类5000年来最伟大的君主，他统一了全世界。由于战争杀戮，世界人口剩余不到1000万；核战争引起的温室效应，使得除南极以外的陆地被海水淹没。比萨的大秦帝国仅为大洋中的几个岛屿。

能源在战争中消耗殆尽，老首相蒲尔斯派人在南极洲发掘高能元素R4，但那里环境恶劣。比萨采用生物工程学家的建议，用人、兽基因合成了兽人进行采矿工作。兽人有智慧、情感，他们被送到冰雪覆盖的南极开采阳元素。在兽人劳作下，帝国恢复了生机。老首相蒲尔斯却深感不安，他告诉比萨，帝国宝座下有一座火山——兽人。他们有智慧，却被人像牲口一样奴役。为此，他建议给兽人

以公民权，但被比萨拒绝。

3个月前，兽人起义了，攻下K城后，兽人军队节节推进。3天前，京城成为被兽人军团团围住的一座孤城。此刻，兽人军传信来了：若在日落前不投降，兽人军今夜要发起总攻。比萨知道大秦帝国的存在只能以小时计算了。这时，侍卫长前来报告，兽人军在城门口喊话，蒲尔斯首相也在兽人军中。

蒲尔斯要求比萨与兽人谈判而被发配到南极，他加入了兽人起义军队伍，是他发动了起义。蒲尔斯在城门口外的桥上说，兽人在绝望中会发疯地报复，会扯断人类历史链条，为此，他选择了和兽人一同起义，毁灭罪恶的大秦帝国，保存人类。比萨想利诱蒲尔斯，却遭到拒绝。

比萨呆呆地望着蒲尔斯，一轮昏黄的太阳正在坠落，寒风萧瑟，一个兽人举枪对准比萨。

《科幻世界》，1997年第5期，方人改编

替　身

彭　礼

我不爱学习，一有空就玩电脑，学习成绩差。可我又爱出风头，做梦也想拿学科优秀奖。我利用父亲对我的溺爱，要求从事“克隆”研究的父亲，为我复制一个“替身”。

父亲答应了，给我带回一个“替身”。从此，我就从学习中解脱出来，整日玩电脑游戏，而我的“替身”在学校里用功苦读。我们相处还融洽，偶尔我也去学校踢足球，见见陌生同学。

期终考试到了，“替身”整日埋头复习，我则在考虑得了学科优秀奖后，买什么游戏软件。最后一科考试结束后，我问“替身”：“没给我丢脸吧！”“替身”道：“一切均在计划中？”我说：“下星期公布了成绩，我放你一个月假。”他却说：“别臭美了，这些与你无任何关系，一切成绩都是我取得的！”

“什么？你说什么？”我抬起头，看见他鄙视的目光，我说道：“你以为你是谁？你是用我的细胞制造出来的有生命的工具，是我的替身。”

“我虽然是你衍生出来的，但为什么要做你的替身，我哪一点不比你强！你游手好闲，贪图享乐，不如让我完全取代你吧，你跟我比，根本没有竞争力。”

听了这番话，我脑子里一片空白。他的话像无数根钢针，扎进我的心脏。“优胜劣汰”四个字在我眼前闪现。我决定改名换姓，远走他乡。临走前，我给爸爸留了封信，信上写道：“我懂了，天才出于勤奋，命运掌握在自己手中！”

《科幻世界》，1997年第9期，方人改编

我和爸爸在魔窟的日子

彭正辉

我爸爸在E国L市做博士后。他发表了3篇论文，在国际生物化学界引起轰动，许多名牌大学和研究所用高薪聘请他去工作。

一天，爸爸接受MF生物化学公司董事长格雷的邀请，带我一起赴宴。席间，格雷对爸爸说：“我准备邀请先生到敝公司的研究所工作1个月，薪俸20万英镑。”1个月有20万英镑，数目不小，可以买许多设备归国。于是，爸爸签了合同。

第二天，有人把我们接到MF公司的研究所。所长马可长着一张令人恐怖的脸，他规定我们：“在这儿工作期间，不能外出，不能与外界联系。”我们立即感到，我们的自由被剥夺了。但合同已签，没有退路。马可又说：“你的工作就是思考，每时每刻思考，你有什么想法我们马上就会知道，因为我们有接收思维电波的电脑。”说完，就把我们送到地下的实验室去。

在地下的过道里，我们遇到一个状如疯子的老人。爸爸仔细一打量，原来是他认识的罗伯特教授，但未及说话，马可就把我们

推入一个门里。我们住的套间有8个房间，工作、生活设施一应俱全。除了厕所，每间房里都有接收思维电波的电脑。比如，我们感到饿了，墙上便伸出一只机械手，端来了食品。

爸爸开始工作，每天除了到图书馆看1个小时资料外，其余时间就是思考。进入魔窟的第3天爸爸突发奇想：通过基因工程，让人的皮肤像植物一样也能进行光合作用。这想法一产生，墙上的红绿灯闪烁起来，机械手立刻送来丰富的食物、饮料和名酒。以后，每当爸爸脑子里闪出什么新的想法，都有丰盛的酒菜等我们享用。

但是，爸爸变得越来越消沉。他对我说：“科学家发现什么，本是乐事，可现在我像是一只关在笼子里供人做实验的兔子。唉，是我出卖了自己。”我们想逃又逃不了，只能等1个月合同期满了。

第25天，我在通往外面的客厅中跑步，发现地上有一张酒瓶上的商标纸，我俯身一看，上面写着："立即到厕所去！"我捡起了纸片跑到厕所里，原来是给爸爸的一封信。爸爸到厕所里把信看了一遍，信是罗伯特教授写的。他说："格雷是个恶魔，他用各种手段诱骗科学家为他提供最新、最富独创性的信息，从中牟取暴利。他与你签了1个月的合同，但永远不会放你出去。已有几位科学家死在这儿，你们一定要逃出去。明天这儿值班人少，你们乘机逃走，我会助你们一臂之力的。"

第二天，爸爸破坏了墙上的电脑，领我朝外冲去，在与警卫的搏斗中，罗伯特为掩护我们英勇献身。几经周折，我们终于逃离魔窟，到达我国驻E国的大使馆中。归国后，爸爸立即向新闻界揭露MF公司研究所的内幕，国内外许多媒体作了报道。我也写了《我和爸爸在魔窟的日子》，以纪念罗伯特教授。

《少年科学》，1997年第8、第9期，庄秀福改编

下雨天的故事

石　头

我一点儿也不爱父亲。我很小的时候就发现，我每次叫"爸爸"时，都会使他万分沮丧，非常痛苦。一到夏天，他就会要我穿我不愿穿的粉红色连衣裙。有时，我禁不住怀疑父亲是个精神病患者。

在下雨的日子，我独自坐在窗前想着母亲，她在我很小的时候就去世了。我恨我父亲为什么没留下一张母亲的照片。一个星期天，我从一本书中见到一张少女的照片，这个穿粉红色连衣裙的少女跟我一模一样。我闯进父亲房间，问他照片的来历。

父亲哭了，哭得那么伤心。过了好几天，父亲把我叫到他面前，讲了一个下雨天的故事。10多年前，一个下雨的日子，一位美丽的新娘乘坐着小车在路上飞奔。突然，灾难降临，一辆大卡车把急驶的小车撞翻。陈先生的未婚妻阿娟就这样离开了人间。

过度的悲伤使陈先生昏过去好几次。第二天早晨，他冒出一个念头，打电话给正在搞克隆研究的王博士，要他帮助复制一个阿娟。王博士感到很为难，因为法律不允许复制人。再说复制人不会拥有原来的记忆，也不会把陈先生当作未婚夫。

陈先生决意要复活未婚妻！王博士成功地用死者未死的细胞复制了阿娟。一年后，婴儿诞生了，我长大成人后，陈先生百感交集，处于困惑之中，复制的阿娟，到底是他的妻子，还是他的女儿呢?

《科幻世界》，1997年第9期，方人改编

第一课

舒明武

A市七十中高二(1)班在整个学区是出名的。这个班崇尚享乐、厌学情绪严重，换了好几个班主任也未能改变这种状况。这使老校长伤透了脑筋。

不久前，学校从外省特聘了青年教师风华来做高二(1)班的班主任。此人在全息影像教育学领域的成就引人注目。最近，他刚与科学家合作，实现了虚拟现实技术实体化的重大突破。

按照风华的要求，学校特别建造了一间新教室。它是圆形的，犹如古人想象中天穹的形状，教室的桌椅和地板下都布下了“机关”。

第一课，风华谢绝了一切现场采访，只特邀老校长光临指导。

上课了，在简短的自我介绍后，风华提出了一个问题：“同学们，你们认为在宝贵的一生中，什么是作为一个人所不应也不能放弃的？”

在听到同学们的回答之前，风华说了个人意见。他一挥手，教室里暗了下来。坐着的同学们忽然有了一种运动感，并且越来越强烈，越来越迅疾，清醒的意识开始变得模糊起来。不一会儿，深邃的夜空亮起了北斗星的微弱星光，东方的天际渐渐露出了鱼肚白。

老校长的目光停留在两座由奥陶纪石灰岩构成的小山头上。他猛然发现那乔木参天的半坡上，冒出一股浓浓的黑烟，便激动地问："咱们是在旧石器时代的北京周口店吗？""老校长说得对。"风华用手一指前方，"吐黑烟的山就是龙骨山。走，一起拜访咱们的老祖宗去！"

眼前出现了一群浑身长毛、用树叶和兽皮勉强遮体的猿人。

一个看上去较年轻的猿人对着这群不速之客叽叽呱呱地说开了话。风华打开了随身携带的语译器，于是同学们听到了北京猿人的心声。

"最近，我们有了个空前的了不起的发现！我们发现了火，学会了用火来烧烤肉食！"

"我不知道你们是谁，但从你们的外表看，我们好像是同类。我想问你们，你们认识火吗？你们知道我们为了将火种保留下来经历了多少挫折磨难和流过多少眼泪吗？在你们的生活中，有过经长期努力终获成功的瞬间喜悦吗？你们体会过那种发自心底的狂喜吗？你们有过失败时涌自胸中的悲怆吗？你们拥有过成为造物者的伟大感与神圣感吗？假如你们没有，假如你们不准备拥有，那你们的直立就是一种假象，一种自欺欺人……"

这一课结束时，高二(1)班的同学们个个神色凝重。不久，一张有全班同学签名的字条出现在风华的桌子上：老师，我们想上第二课。而老校长留在风华的专用电脑中的话是：别忘了我这个学生。

《少年科学画报》，1997年第7、第8期，肖明改编

药丸风波

水　子

圣诞节的晚上，妈妈抱着小玛丽坐在壁炉边，呆呆地瞧着墙上的合家欢照片。玛丽的爸爸是医学博士爱德华。他在哈利斯城冯克医院研究一种新药，用它治疗AC病毒引起的面神经瘫痪。他埋头在实验室里已经整整6年。忽然有人在门口按电铃。玛丽抢着去开门，是爸爸，他化装成圣诞老爷爷，带回许多礼物，也带回了欢乐。爸爸的试验成功了。第二天，他们搬进了新别墅，生活充满乐趣和幸福。

一天，玛丽在哈里斯城的舅舅邦克给爸爸来信，说城里传染AC病毒，许多市民都得了病，去冯克医院买药，冯克却到意大利旅游了。邦克向爸爸求救，因为他的孩子也病了。紧接着报上登出了哈城出现AC病毒的消息，冯克医院门庭若市，药价一提再提。冯克一下成了亿万富翁，报上刊登出冯克的大幅照片。爱德华博士气愤之极，决定去哈城揭露冯克的卑鄙勾当。

小玛丽和妈妈苦求爸爸别去，她们听说冯克心狠手毒，而且他已经买下了病毒药的专利，爱德华是无权干预的。但博士还是悄悄离开家，他留下封信，说如果5天之内不回家，就去找警察局和邦克。

第5天爸爸回来了，可是变了个人，态度、说话都是冷冷的。玛丽和妈妈正在怀疑，警察局来人告诉他们，原来这是个假爸爸。爱德华到达哈城后，先到警察局备案，再去找冯克。冯克把爱德华关起来，造了个假爱德华帮他进行欺骗活动。

发现假爱德华的还是邦克舅舅，因为假爱德华遇到舅舅时伸出右手跟他握手。邦克知道爱德华习惯用左手，发现疑点，及时报告警察局，跟踪到医院，救出了真爱德华博士。

冯克制造的假爱德华，虽然连声音、走步都学到家，但怎么也没想到爱德华还是个左撇子呢！假的总是假的！

《神秘的召唤》，新蕾出版社，1997年7月，周肖改编

完　人

孙　华

我是世界上的第一个完人。我来自本世纪最伟大的两个杰出人物的精子和卵子，而且几乎《名人大辞典》上一半人的基因都移植到了我的身上。

我在最优秀的母体中生活。10个月中，我不断接受外界刺激。他们向我传授了从小学到博士的全部课程，还给我注射各种免疫营养液，使我不遭受病毒侵入，并维持我发达的头脑。

终于，我降生了，超强的记忆力告诉我以前发生的一切。几小时后，我便有了博士学位。

我想见妈妈，妈妈把我抱在怀中。但我除了眨眼和呼吸外，不会有任何表达，我丧失了人类特有的许多本领。我成了一个不能再活多久的最低能的超能者。

科学家沮丧地离开了，我成了没人要的垃圾。我的母亲把我抱起来，一刻不离地陪伴着我。我感觉到了死亡，我最后看了一眼她的眼神。

当慌乱的人们拥进来时，无菌罩里只有我幼小的尸体，脑波显示屏显示出我的高度智慧最后表达出的意识：饥饿。

《科幻世界》，1997年第5期，方人改编

有血有肉

唐　俑

我研制了机器人莎丽作我的助手，因为我的几个助手都给我带来麻烦。我将莎丽制造得很漂亮，她没有情感程序，但她有生命。我夫人也喜欢这个有血有肉的机器人。

我对莎丽相当满意。她工作卖力，配合默契，还能得体地接待客户，又不必支付薪水。一天，我看到她在实验室里对一台机器大打出手，她说是在练武，从电视中学来的。以后莎丽开始抱怨我的一些小毛病。一天，我在抽烟，她冷不防对我说："你再这样，跟你离婚！"

我又好气又好笑，说："你这是不是从我老婆那儿学来的？"她却说："烟里有尼古丁。"我发现她的智慧在生长，她有感觉了，知道看不惯，还学会了爱和恨。我想搞清问题出在哪里，可能是在删除她的感情程序时，按错了指令。我准备在她睡觉时将她麻醉，去掉她的情感基因程序。

那天，她倒在沙发上睡了，我由于紧张，把蒸馏水当成麻醉药。给她打完针，刚把她抱起还没放入那机器里时，她就醒了，说我下流，有贼心没贼胆。

我忐忑不安地回到家，陪夫人观看我发明的"现炒现卖"电视，它能将脑电波还原成音像，还能记录梦境，这种电视可帮助警方搜寻罪犯。当我将电视机金属圈戴在头上时，我无法进入创作状态，电视荧屏上一片空白。夫人见我太累了，她先让我看她的创作，她回忆了爱情经历，几乎完整无缺地重演了结婚前后的过程。接下来该我了，我心不在焉，脑子里想到莎丽，夫人看后惊叫起来。我如梦初醒，夫人伤心欲绝地说："你滚，去跟你的机器人过吧！"

我跳进黄河也洗不清了，她知道电视机不会无中生有。如何才能消除她对我的看法？我想到了"物极必反"粉剂，它能改变人对外界的感知和反应，我当即去实验室拿"物极必反"药剂。

来到实验室，不见莎丽。电脑里有莎丽给我的留言，她说，她无法忍受孤独，渴望拥有世间所有的一切，她想见到父母。我正读着莎丽的留言，夫人也来了，我让她读莎丽给我的留言，夫人却说，不原谅我伤害一个无辜的女人，但她又说，要把莎丽找回来。

寻找莎丽的工作毫无结果。两天后，我从报上看到一条消息：一个打工妹辛苦地为老板工作多年，却没有分文酬劳。当记者进一步采访时，那位叫莎丽的打工妹意外地失踪，目前警方已介入此案。

《科幻世界》，1997年第12期，方人改编

谁胜谁负

王海兵　萧　川

40年前，他和莫里斯曾为在人脑中植入电脑，以提高人的记忆、运算能力，争得面红耳赤，谁也说服不了谁。于是约好40年后的12月31日进行一场比赛。现在，凯恩在大脑中植入一块电脑芯片，终于成功地把电脑植入大脑，他很兴奋，而莫里斯寻找完善自身神经系统的方法却进展不大。

离比赛还有半年时间。7月1日，莫里斯在实验室解剖一具尸体时，发现脊椎末端膨大出一个鸡蛋样的圆球。他从膨大体中取出少许物质，没有发现肿瘤细胞，全是神经细胞。莫里斯感到奇怪，用扫描仪进行了分析，这膨大体与大脑相近，表面沟回纵横，有许多褶皱。莫里斯看着死者的生前资料：死者伊默，9岁时生过一场大病，病愈后有了很强的记忆与运算能力，临死时要求将遗体作为科学研究用。

莫里斯一阵欣喜。伊默大脑功能超常，脊髓末端膨大，两者必然有联系。那么，伊默的膨大体是怎样产生的呢？莫里斯连续奋战18小时，终于在尸体的脊髓中找到一种奇怪的细菌，有的还活着。莫里斯把它们放在培养基里培养。

凯恩在大脑中植入电脑芯片两个月后，记忆能力明显提高，半

小时可背出200页材料。莫里斯听了不以为然，因为他找到了使伊默大脑能力异常的细菌。细菌经过培养繁殖，莫里斯用老鼠、猩猩做了实验，一只猩猩的智慧达到6岁儿童的智力。莫里斯还发现，细菌内含有一些DNA，这些细菌注入动物体内，释放 DNA，产生膨大体，膨大体的性状由DNA决定。DNA从何处而来呢？莫里斯百思不得其解。

离比赛时间越来越近，莫里斯对膨大体的结构、功能以及对人体的影响，来不及仔细了解，就冒着风险，用针筒把细菌注入自己体内。不久，莫里斯身体出现了异常，并常常发生失去知觉的情况。心理医生说他是轻微的人格分裂，莫里斯知道这是膨大体在起作用，要不要将膨大体切除呢？为了赢得比赛的胜利，莫里斯决定冒险，待比赛结束后再切除它。

凯恩觉察到莫里斯像有心事，劝他要注意休息，莫里斯听了皱紧眉头，陷入沉思。凯恩在发现莫里斯神情异常后，询问了莫里斯的心理医师，心理医师却不肯透露莫里斯的病情。

体内的膨大体使莫里斯力不从心，他神情沮丧地坐在实验室中，对膨大体的日益嚣张束手无策。一天，脊髓上的膨大体与他谈论了起来。膨大体说："我是一颗遥远星球上的生命，一场宇宙突变袭击了我们家园，科学家把一些人的遗传信息植入细菌，再用飞行器送到宇宙的各个角落。我要寻找其他人的遗传信息，让他们在这个星球上安家落户，让我们种族也恢复繁荣。"莫里斯听到这里跳了起来，抓起桌上一把菜刀，朝自己腰里刺去，但是，刀还没有刺到一半，他就晕了过去，倒在地上。

那天夜里，凯恩来找莫里斯，说自己已从心理医师那里知道莫里斯是一个典型的双重人格患者，心理医师在使莫里斯进入催眠状态下知道了事情真相。莫里斯听后，突然掏出一把刀，朝凯恩刺去，只听见"砰"一声枪响，莫里斯捂着受伤的手蹲了下来。窗外

跳进五六个警察，把莫里斯扭住，凯恩对警察道：“赶快送医院！”

莫里斯被送进医院，立即进行手术。在莫里斯的脊髓末端发现了一个膨大体，切除后，莫里斯大脑受到损伤，成了一名弱智人。凯恩去医院看望莫里斯，莫里斯口眼歪斜，嘴里流着涎液，一副呆傻的样子。突然，莫里斯跳了起来：“我要比赛！”护士安慰他说：“已经赛过了，你忘了！”“是谁赢了？”“当然是你赢了！”

莫里斯听了，高兴地叫了起来：“我赢了，我赢了！”凯恩看了，心中一阵寒意，转过身慢慢地走了。莫里斯望着凯恩的背影，嘴角上露出一丝冷笑：“要切除我，没那么简单！”

《科幻世界》，1997年第8期，方人改编

拉格朗日坟场

王晋康

“星球动物园”号飞船的乘员，乘坐着快艇在海面上航行。温室效应使南极冰冠融化，海面升高，淹没了几百座城市。劫后幸存的人在寻欢作乐，鲁克船长包下了今晚的开销。

鲁克来到夜总会的大厅里，一个身材娇小的侍女走过来招呼他。正在鲁克和侍女调情时，鲁克的妹妹鲁冰出现在他面前。侍女知趣地走了，鲁克问起了妹妹的近况。鲁冰骄横任性，鲁克每月拿10万元供她花销，鲁冰却对鲁克没有好感。鲁冰患了失忆症，但她记得，母亲临终前将她托付给哥哥，16年中，鲁克履行了他的承诺。就在鲁克去洗手间时，白人青年盖茨先生对鲁冰大献殷勤，鲁克本能地感到讨厌。

国际航天中心发射场的弗罗斯特与鲁克为了一笔空间运输生意讨价还价。弗罗斯特对这1000吨货物的空间运输费用，开价4亿美元，预付5000万元。鲁克要价5.5亿美元，预付8000万美元。老奸巨猾的弗罗斯特同意了鲁克的要价，只是预付款5000万元没有增加。

鲁克运货到达的地点是拉格朗日点，它是天文学家拉格朗日发现的，距地球、月亮各38万千米。由于地球、月亮引力的双重约束，此处天体处于稳态平衡。人类把那儿作为核废料的永久保存地，鲁冰的父亲就是靠这种空间运输发家的。鲁冰担心哥哥鲁克会

把性命送到拉格朗日坟墓。

鲁冰与其男友姚云其跳通宵舞归来，发现了盖茨派人送来的用各种纸币折成的花束花篮。鲁冰被这些钞票花迷醉了，随手抽了两束花，把姚云其打发走了。盖茨来到她的房间。

姚云其发现鲁冰手里的纸花是用大面额货币折成的，心里又痛苦又担忧。他来到侦探事务所委托侦探狄士龙对盖茨进行秘密调查。狄士龙跟踪了盖茨7天，知道他持有美国护照，并开有一家中等规模公司，还发现他每天下午7时，都要用公用电话通话。

盖茨与鲁冰正在澳大利亚人造海滩纵情嬉游。盖茨向鲁冰打听鲁克的远行，还向鲁冰建议，进行一次太空旅行，让鲁克大吃一惊。狄士龙窃听到了盖茨的电话，但没有发现异常。狄士龙向国际刑警组织求助，了解盖茨电话的背景资料。不料，盖茨却发现了狄士龙的跟踪，记下了他的车牌。

飞船升空前一天，鲁克有着不祥的预感，他找平托律师立下了遗嘱。在飞船起飞前，鲁克还不忘记要平托律师照料好自己的妹妹。10小时后，飞船已离开地球35万千米。鲁克从屏幕上看到了拉格朗日坟场。

此时，鲁克收到地面控制室呼叫：一艘来历不明的小型航天飞船正位于拉格朗日附近。鲁克在屏幕上找到了那艘飞船，原来是鲁冰和盖茨在小飞船上。盖茨为陪伴鲁冰上天玩玩，弄了一艘“飞蛾”号小飞船。上天后，小飞船出了故障，他们发出呼救信号。鲁克听了，驾着飞船去救助。

狄士龙侦探接到瑞士警官朋友的电话，说盖茨是秘密组织的危险人物，并把这消息告诉了姚云其，并表示他不愿再继续进行调查，还劝姚云其也退出。正当狄士龙与姚通话时，无声手枪射出的子弹，射中了狄士龙的眉心。

鲁克驾着飞船靠近了“飞蛾”号，把鲁冰和盖茨救到了飞船上的生活舱里。飞船调整了姿态，靠上核废料堆正准备卸下“货物”，发现投料机发生故障。这时，地面控制室传来了紧急情报，说盖茨是恐怖组织派来的。鲁克正要去找盖茨，盖茨却拿着激光手枪出现在他面前。盖茨告诉鲁克，货舱里装的货物是1250颗氢弹，每颗氢弹当量在1亿吨TNT炸药以上，它们足以毁灭地球。

美国华盛顿的老人沙龙在开会，会议主席布朗先生简要地介绍了情况：保存在核废料堆的核弹已十分危险，他们决定租用一艘私人飞船运到太空中，并让飞船永远地消失。不幸的是一个国际恐怖组织窃得秘密，派人登上了这艘飞船，为此必须进行紧急商量。老人沙龙决定准备一笔巨款应付恐怖分子讹诈，同时启动防御系统，来拦截这艘飞船。老人沙龙把决议通报了美国总统惠特姆。

盖茨把他发现的爆炸装置告诉了鲁克，要鲁克不要卸货而返回地球，悬停在美国上空并向美国政府敲诈，同时答应事成后给飞船上每个乘员500万美元。鲁克不相信盖茨，一场混战后，盖茨被捆了起来，鲁克下令飞船返航。

当飞船离地球20万千米时，美国总统惠特姆同鲁克通话。鲁克把盖茨要他运氢弹、想谋害他的事一一抖落出来。美国总统与鲁克的通话内容被一无线电爱好者收听到，在《每日镜报》的电讯网络中发送了出去，美国人都知道了氢弹在头上游弋。惠特姆总统与鲁克谈判，答应了鲁克的要求：把阴谋主使人送上法庭，让老人沙龙成员退出政治舞台，给飞船乘员补偿。

鲁冰在飞船上歇斯底里，乘员老拉里向鲁冰吐出真情：鲁冰父母对独生女十分宠爱。一次，小女孩失手用勺子扎瞎了妈妈的左眼，父亲在送妈妈去医院途中发生车祸身亡，惨祸使小女孩失忆。妈妈临死前，把船长手下的小伙子鲁克认作义子，嘱咐他好好照料妹妹。鲁克默默忍受妹妹的胡作非为，为的是不想刺激她引发病情。鲁冰听了老拉里叙说，神经崩溃，撕心裂肺地尖叫。鲁克锁紧双眉，不语不动，他的眼睛中出现一种幻灭感。

鲁克从盖茨那里得知，小飞船“飞蛾”号还能航行，便让飞船向“飞蛾”号靠拢。鲁克把核废料桶系在“飞蛾”号后边，他钻进了“飞蛾”号，然后告诉老拉里，他要驾着“飞蛾”号把核弹投向太阳。

拉里和飞船上的乘员要鲁克回来，鲁克说要为人类做一点儿事。等到鲁冰醒过来时，“飞蛾”号已经飞走。鲁冰通过送话器要鲁克回来，鲁克没有回答。长时间静默后传来鲁克的声音：“多么壮丽的太阳呀！”

“星球动物园”号飞船返回了地球。航天中心不间断地向惠特姆报告“飞蛾”号方位，它从容地向太阳飞去。118天后，天文学家观察到一次日珥爆炸，十分壮观。很多人相信这是一千颗氢弹投入太阳所引发的，没有一个天文学家表示异议。

《科幻世界》，1997年第1期，方人改编

七重外壳

王晋康

甘又明和姐夫吴中一起去美国。下了飞机，吴中找到自备车，在车上用办公机同B基地联络，为小甘办理进B基地的手续。

B基地是美国最超前的科研基地。吴中是21世纪的弄潮儿，是美国B基地虚拟试验室负责人。那晚，小甘观看了科技影视节目《电脑鱼缸》，称赞节目太奇妙了，还在姐夫面前大发议论。吴中发现这位大学生思维活跃，便告诉他，人可以真实地融入虚拟世界。甘又明跃跃欲试。吴中给他安排7天去美国做短期访问，就这样，甘又明随吴中到了美国。

吴中把甘又明安排在B基地，任务是寻找虚拟世界漏洞，以便改进设计。吴中简单地给甘又明介绍了虚拟技术，说人在封闭系统中很难对自身所处的环境作出客观判断。甘又明却说，进入虚拟环境中的人，思维带有惯性，可作为参照物来判断环境的真实性。

吴中见甘又明思维敏捷，便告诉他："试验开始后，就可在虚拟世界中进进出出。你只要确认已回到真实世界，就发个信号，若判断正确，就可得到1万美元奖金。"说罢，吴中让甘又明套上外壳，使他与虚拟环境融为一体。

琼姑娘也套上外壳，她是甘又明在虚拟世界里的向导。试验从海洋中开始。一刹那，他们被抛入海水中，当甘又明取下头盔时，感觉到海面上清凉的微风，并看到不远海面上出现一艘快艇。这时，一头海豚游来，他们立即戴上面罩，潜入水中。十几只海豚在游动，其中两只是海豚邮递员。

琼说，贩毒集团在利用海豚越境贩毒，于是他们爬上快艇追赶海豚。追了一阵，海豚失去踪影。在一个狭窄的洞口，发现两头海豚钻了出来，他们钻进洞，发现这是一个神奇的蓝洞。这时，有人高喊："水下有人！"同时洞中响起警报声，十几个人端着枪瞄准他们，于是他们疾速下潜，身后响起一阵枪声。在他们快要游到洞口时，一个栅栏封住洞口，十几个蛙人向他们逼来。甘又明大声喊道："暂停！吴先生。"

眼前景象一下消失。甘又明和琼仍坐在椅子上，甘又明道："那蓝洞美极了！"吴中没有说话，"蓝洞"使他生疑。原来虚拟环境中的信息来源是真实的，再用电脑对这些信息随机进行构思。吴中对海豚和蓝洞的出现问了甘又明几个问题，然后说："让琼陪你去逛逛美国。"

在夜总会里，甘又明目睹吸毒者的猝死，他打了报警电话。一分钟后，来了两名警官，但要甘又明协助调查那条秘密通道。警官用快艇把甘又明和琼又送到那个洞口，洞口却没有了栅栏，正在他们查看时，那两名警官把他们推进洞里，五六个蛙人向他们逼来，甘又明突然提出要小便，于是叫了起来：“暂停，吴先生！”

甘又明又回到现实中，吴中问：“你从哪儿看出的破绽？”甘又明说：“在夜总会中喝了几瓶矿泉水，不觉得膀胱憋胀，证明水没灌进肚，仍处在虚拟环境中。”吴中让琼领甘又明去看看美国社会。甘又明脱下外壳，为证实自己是否真的离开虚拟世界，让琼对他左臂咬一口，疼得他大叫起来，这才相信回到了真实世界。

琼邀请甘又明到公寓坐一会儿，他答应了，来到琼的公寓。琼说自己在吸毒。这时，两名警察闯进来，对屋子进行搜寻，搜出2千克毒品，琼非常震惊，说是警察栽赃！警官拔出枪对琼开火，当枪对着甘又明时，他喊了起来：“暂停，吴先生！”

甘又明取下头盔，脸色发白。吴中站在他身后问：“小甘，你又在哪儿看出破绽？”甘又明说：“要是警官想杀我们灭口，不必搞得那么复杂！”甘又明觉得累了，想睡觉，吴中让他去公寓休息。在床上，甘又明辗转难眠，他不敢确认身上那件外壳是否真的脱掉。按常理，作为姐夫的吴中，一定会邀自己去他屋里作客，莫非他屋里藏着情人。甘又明想弄清究竟，闯到姐夫房里，见到房里有一裸体男人，他十分痛心姐夫的堕落，狂怒地喊道：“暂停！”

工作人员为他取下头盔，吴中笑着走来。甘又明怒冲冲道：“退出游戏，我要回家去！”吴中和琼都很吃惊。第二天，琼送他回国。出租车把他送到家，姐姐见了又惊又喜。甘又明向姐姐谈起吴中，说姐夫不是好人。姐姐却为吴中辩解，甘又明立即高声道：“我仍在虚拟世界，暂停！”

工作人员又为他取下头盔，甘又明闭着眼不断重复：“我要回国！”吴中和琼交换目光后，说：“马上送您回国！”大客车把甘又明和琼送到山脚下的一个小村庄，这里是甘又明的家。妈妈欢天喜地地对琼讲起甘又明小时候的故事，讲起一位已不在人世的他幼时的女同学。这回，甘又明深信自己已跳出了虚拟环境，便说：“我已跳出了虚拟环境！”琼笑着把一张1万元奖金的支票交给他说：“祝贺你用思维的惯性证实了跳出虚拟环境！”

此时，两人如释重负。甘又明邀请琼住几天，领略一下异国情调，两人萌发了爱情。这时，甘又明看着她头上的金发，想起她进入虚拟环境前是光脑袋，在真实世界里看到的金发姑娘是不真实的！琼一阵苦笑，知道刚萌生的爱情已经夭折，决意离开他，甘又明没有挽留。吴先生从大洋彼岸打来电话说：“谢谢你的工作，再见！”

《科幻世界》，1997年第7期，方人改编

三色世界

王晋康

沃森智能研究所实验室里，伊斯曼和江志丽正在观察黏菌。导师索雷尔教授告诉他们，黏菌是宇宙奥秘和生命奥秘的交汇。人类应该从黏菌那里受到启发。

下班后，索雷尔教授邀请江志丽共进晚餐，江志丽是教授的情人。他们吃完饭，驱车到了教授的新寓所。

在教授的新寓所里，索雷尔接到一个电话，一个带有西部口音的人说，他有一个6岁的儿子，能读出他的思想，还说经过几次试验，他也能读出儿子的思想，父子之间能进行画面传递。打来电话的人是印第安人马高，他儿子叫山提。听完电话，江志丽主动要求前去调查。

第二天一早，江志丽乘飞机去了亚利桑那州派克县。她租了辆

出租车找到了印第安人之家。印第安人同中国人一样，同属蒙古人种。江志丽在印第安民俗博物馆见到了马高先生和他的儿子山提。

晚饭后，江志丽就开始了试验。她让父子俩在相距20米的距离背向而坐，然后拿出两套明信片，在他们父子前面各放一套，她随意抽出一张举到马高面前。

马高看了几分钟，闭上眼，他的儿子山提在明信片中翻捡着，抽了一张，与江志丽抽的那张一模一样。连试20多次，全部正确。

然后，江志丽蒙上小山提的眼，掏出几十张汉字卡片来试验，不懂汉字的小山提照样能正确地找到汉字卡片。

试验后，江志丽久久不能入睡。直觉告诉她，很可能她已面对人类发展史上一个重要里程碑。她从笔记本中看到了一张女儿的照片，照片中女儿的面容印入她的脑海。

小山提进来说："你在看照片，是一个中国小妹妹。"江志丽已完全相信，这一对父子的确具备思维传输能力，她用电话告诉教授试验的结果。

第二天傍晚，索雷尔教授带着5名助手来到派克县。江志丽告诉教授，他们的传输能力又有进步了。江志丽和小山提当着教授的面进行了表演，除了图画，还能传输文字。

过了一天，教授的助手中有两个学会了思维传输，而且百试百灵，但另外三个助手却毫无进展，教授也感到奇怪。江志丽发现，激发出传输能力的5个人都是蒙古人种，好像自然法则也有种族主义，教授大笑起来，说道："绝无可能。"

教授将小山提及马高带回研究所，继续研究，发现他们只能传递图像、文字，不能传送抽象概念。高强度的脑力活动，使得他们筋疲力尽。晚上，江志丽梦见被一圈光网囚禁着。她在梦中告诉自己，这不是梦境。一阵抖动，一片死寂，这个死亡的梦使她呆呆坐在床上。

第二天，他们依然兴致勃勃地工作。马高先生脸色苍白，说昨晚他做了个关于死亡的梦。江志丽相信梦境也相互感染。教授赶来，告诉他们试验有了进展，接他们去参加记者招待会，宣布这一历史性发现。

马高先生不愿去，因为晚上做了噩梦。在众人劝说下，马高和教授、江志丽一起坐上丰田车。汽车在荒野中开得很快，突然一声巨响，江志丽尖叫了起来。车停了下来，只见教授助手伊斯曼用手枪对着江志丽。

原来，教授是个种族主义者，他不能容忍出现这样一条种族主义的自然法则，于是他以做试验为名，用高压电把小山提击死。伊斯曼目睹这一切，决定跟教授故意制造车祸，想杀死江志丽他们，把那个发现永远埋葬。

江志丽站在车旁，伊斯曼不忍开枪，教授只得自己动手。但是，教授的手枪已到了江志丽的手里。原来江志丽受到小山提临死前的心灵感应，早有防范，事先偷了教授的手枪。但是，江志丽只是对教授的腿开了一枪，就驾车走了。

教授打电话给联邦调查局老友刘易斯要他追捕江志丽。江志丽驾着车漫无目的地行驶，撞在路边山坡上，她一阵眩晕。一个黑人男子巴巴斯把她扶到后座上，随即她失去了意识。

一群从网络上得到信息的青少年赶来营救江志丽，抗议的电话、电传、电子邮件打到了联邦调查局，刘易斯局长不得不下撤退令。

农场恢复了平静。伊斯曼请求江志丽原谅索雷尔教授，并表示了自己的感情，江志丽没有接受。她经过这场坎坷后，决定要回国去，并把她的思念之波，传送给远方的亲人。

《科幻世界》，1997年第10期，方人改编

游戏高手

王　能

IBA和WBE公司推出一种新的电脑游戏——毁灭战斗机器人。传感器与人的头部相连，用脑电波控制游戏中的机器人，人坐进游戏机，用武器攻击对手，摧毁对方基地，游戏像真的一样。这两家公司耗费大量资金，开发毁灭机器人的软件和游戏机，以低廉的价格推销给发展中国家。

毁灭机器人游戏充满暴力，在IBA和WBE公司的所在国被禁止使用，但在发展中国家迅速普及。阿南、阿美是发展中国家的一对双胞胎，毁灭机器人游戏吸引了他们。10月的某天，阿南正在玩游戏，一个外国人看着阿南一路过关斩将。游戏结束了，那人叫住了阿南，他叫约翰，是WBE公司的市场调查员。他发现阿南是游戏高手，公司将要推出新的电脑游戏，毁灭机器人第二代，可以共联几个人一起进入游戏。约翰邀请阿南去WBE公司玩这种新游戏，并许诺要是顺利通关，给予12.6万元高额奖金，还可免费旅游。这使得阿南动了心。

飞机载着阿南来到灯红酒绿的西方大都市。氢动力车把阿南送到远离大都市的WBE公司地下实验室。第二天，游戏开始了。阿南在封闭的电脑舱内，被绑在坐椅上，在幻想中，机器人从基地起飞，按计划飞向目标，完成任务后，机器人自动返回基地。机器的震动、飞行失重、碰撞、爆炸都能真切地感受到。阿南在第一关结束后，约翰给他5000元存单。

黑人布莱克跟阿南差不多大。从布莱克嘴中，阿南得知约翰从世界各地找来几十名游戏高手，一起角逐12.6万元奖金。在以后的几天里，参加游戏的时间没有规律，有时是清晨，有时是深夜，一切模仿实战。游戏内容更加火爆，但是毁灭目标不变——带有IBA标志的建筑物、车辆、机器人。通过第五关后，阿南享受一顿丰盛的午餐。血红的龙虾、吓人的大螯，使得阿南想起了游戏中的血腥场面：号哭的人们、战火中的孩子、支离破碎的尸体。自然，只不过是场游戏。

在以后的游戏中，难度越来越大。游戏中有电脑控制的机器人，也有人脑和电脑控制的机器人，后一种比前一种难对付。游戏中有人驾驶的机器人增多了，而且变得更善战、更冷酷，阿南看到自己身边配合的战斗机器人，战死的越来越多。阿南知道，游戏中失败者会被公司扫地出门，他可不想失败。一个又一个游戏高手失败了，在坠毁的战斗机器人废铁中，阿南看见了好些熟悉的面孔。

第七关是“水下大鲨”，敌方激光束差点击穿他的氧气瓶；第十关是“沙漠怒吼”，他差点在油库爆炸中丧生；第十一关是“空中冲击波”，差点与僚机相撞。最后的第十二关即将来临，WBE公司给了一天假，躺在床上的阿南想起妹妹阿美，明天一拿到奖金，他要买一台最好的电脑送给妹妹。决战的一天终于来到，所有通过前十一关的高手聚集一堂，共有13人。在这些人中阿南看见了黑人布莱克。

约翰像指挥官在全息地图前布置任务：这是IBA公司在月球背面的一个原子能采矿厂，基地外围有多管电磁炮、自动激光器、追踪式飞弹、射线武器、战斗机器人，最后的任务是砸烂IBA公司基地的大门。13人分别坐进各自的游戏舱，游戏开始了。1号、2号机器人做好战斗准备。13个人通过了第一道防线，经过一番搏杀，闯入敌人基地的主体防御系统，电磁炮、飞弹、激光、射线密集得像田野里的草，4名高手被粉碎。1号、2号机器人奋勇而上，阿南面对的不只是敌方机器人，还要提防地下自动武器，一个又一个机器人在阿南面前倒下，9名游戏高手只剩下了3名，黑人布莱克死了，月球的严寒使他皮肤变得苍白。

3名游戏高手中，又有一名被电磁炮轰得粉碎，阿南和僚机沉着应战，伺机进攻。一团团蘑菇云冉冉升起，僚机受了重伤，通过生命舱厚厚的玻璃，阿南发现僚机驾驶员是一个十五六岁的孩子，极度恐惧地看着他。阿南救不了他，眼看这孩子被敌方电磁炮击毁。

战场上只剩下两人：阿南和敌方2号机器人。敌方2号机器人舱门上有15颗黑星，是个王牌机器人，两人在环形山顶上对峙，成败在此一举。虽然是游戏，阿南总觉得对手似乎是有生命的。

一束密集的炮弹向阿南飞来，单靠阿南一人要冲进IBA的原子能采矿厂，完成战斗任务是没有希望的，阿南唯一想的是消灭对手。但是阿南倾尽所能，还是不能消灭对手。阿南感到奇怪，只有自己的妹妹阿美，才有这样的能耐。眼前这个敌方2号机器人到底是什么东西，只有消灭了它，才能明白。

敌方的王牌2号机器人在慢慢地拖垮阿南的机器人。阿南的战斗机器人解体了，生命舱倒在沙地上，对方在向阿南靠近，阿南心生一计：装死。他将一门电磁炮藏在生命舱旁边，用沙埋着。对手的一枚飞弹喷着火飞来，阿南用反应装甲击毁对方的飞弹，保护了生命舱。阿南静静地躺在地上等待机会。

对手已用完所有导弹，放出无人侦察机。阿南的生命舱和电磁炮被埋在沙土下，对手无从觉察。

此时，对手的战斗机器人走近阿南，已进入阿南的电磁炮火力范围，电磁炮开火，对手机器人被炸毁。在生命舱里，阿南看到了妹妹阿美的脸。

第二天，阿南闯进约翰办公室，当面揭穿这场把戏。原来WBE、IBA两公司是死对头，用战斗机器人进行秘而不宣的战争，双方都到发展中国家招募年轻人玩电脑游戏，作为战斗机器人为他们卖命。

阿南知道了真相，用枪杀死了约翰，因而被判终身监禁。阿南在狱中得知妹妹阿美，也是被一名外国人带走去玩游戏的。

WBE、IBA两公司推出了第三代毁灭机器人游戏。用无性繁殖技术生产的市场调查员约翰，又出现在发展中国家的游戏机房门前。

《科幻世界》，1997年第7期，施鹤群改编

陶博士和电子锁的悲剧

王晓达

老陶是食堂保管员，以善谈《辞海》而获“博士”的雅号。

一天，他下班回家，路过超级市场，那里正在搞有奖销售。老陶心动了，也挤到货柜前给妻子买了一支减肥牙膏，得了一张兑奖券，3分钟后就开奖了。很幸运，老陶得了三等奖，奖品是一把“KBK”牌电脑电子锁。它的性能非同一般，装在门上，门口就形成一个封闭空间的强电磁力场，没有开锁指令，苍蝇、蚊子也别想飞进去。开锁指令——“钥匙”，可根据主人的心意任意设计。数码、指纹、声音（口哨声、咳嗽声……）反正只要按规定输入指令，电子锁就会记住、识别，“开放”电磁场，保证通行无阻。此外，还有单向封闭、定时封锁及家长专用程序等性能。老陶回到家，妻子和女儿都不在，他吃了方便面，决定马上安装锁，要让她俩回来时惊喜一番。

老陶根据说明书装上电子锁进行试验。他按下输入指令开关，使劲吹了一声口哨，电子锁的红色信号灯亮了。老陶打开门往外走，到门口就被推了回来，全身还有点儿发麻。然后他“呲”地吹了声口哨，就毫无阻挡地通行了。

老陶得意地吹着口哨，一会儿进门，一会儿出门，高兴劲儿不亚于用《辞海》条目难住了别人。可是又觉得口哨声不好听，而且太简单了，在人家面前吹口哨开门也太失风度。

于是他考虑用自己的全部形象信息作指令，老陶按照说明书，把此时此刻自己的形象让电子锁记住了。他又走出走进地做各种试验都很灵。

老陶忙了一大阵子，肚子咕咕叫，于是想到离家不远的日夜商店。

他一手托着牛肉、烧鸡、花生，一手提着两瓶啤酒往家走。过门框时身体一阵发麻，双脚一软，绊了一跤，头撞到台阶栏杆上，额上起了个大肿块。他忍痛一步步往门内走去，但给挡住了，怎么也跨不进门。他发火了，大声地对着门锁喊：“是我！”“我是老陶！”电子锁无动于衷。

突然背后有人问：“爸爸，你在干什么呀！”

老陶狼狈地对女儿说：“我在试验电子锁。它忽然不灵了，不让我回家……”

“神经病！”胖夫人边嘀咕边往门里走。“哎哟！”夫人像触电似的差点从台阶上摔倒。“怎么回事？”

“我摔了个跟斗，电子锁不认识我了……”老陶只得从窗户爬进去开门。

他本想炫耀一下自己的“运气”，让她俩感到惊喜，没想到被电子锁搞得如此狼狈。

其实，即使老陶不摔跟斗，它也要失灵的。因为他输入的是一个此时此刻固定的形象，而自己毕竟是一个时刻在变化的大活人。让电子锁这现代化的科学产品以固定刻板的条条框框去套发展变化的人，老陶被关在门外是理所当然的。

《“宇宙矛”的秘密》，新蕾出版社，1997年7月，邵俊平改编

报应

卫斯理

我的朋友胡说来电，说他有个女友，名叫陈丽雪，遇到一点儿怪事，要向我请教。下午，陈丽雪来了。她长得十分清丽，可惜是个聋哑人。我妻白素精通哑语。陈小姐用哑语对她说："前不久，我好像进入了古代，但不知自己是什么人。只觉得进入一大户人家，看到一美女在出浴。那美女一看到我，脸上露出惊恐的神色。更奇怪的是，3天前我又在自己开设的玻璃制品店中见到那美女，她进店一看到我，吓得差点儿昏过去，转身就逃。那美女见到我为何如此害怕呢？"白素用哑语说："在古代和现代均出现那美女，确实很怪。至于她为何怕你，如找到这美女，问她本人，问题就清楚了。"陈丽雪点头称是。

后来经过打听，那美女是本城大富豪金大富之女，名叫金美丽。白素上金大富家，找金美丽求证，正好金大富有事要找我帮忙，所以白素受到金家隆重接待。白素问金小姐："3天前，你是否去过一家玻璃制品店？"金小姐说去过。白素又问："你那天看到了什么？"金小姐顿时花容失色："那天我一进店门，看到一个黑洞把我吸了进去，我的身体一点点被绞碎……太可怕了。"白素安慰她说："可能是在一刹那间，有什么力量影响了你脑部的活动，才产生了幻觉。"

隔了一天，金大富到我家来，求我帮忙。他说："早年，我一贫如洗，什么都做。有一次，我听了一个美洲土著人的话，来到一个奇怪的地方，在危地马拉和墨西哥的交界处，有一个极大的山洞，洞壁上有无数方格，每个方格都是'电视'，显示了一些人的下场，都是十分不幸的。在一个方格中，我看到了我自己，我变成了疯子，受尽折磨。我为何有此下场？请先生一定帮忙，别让我成为疯子。”

我乍一听，只觉得滑稽，可是仔细一想，却又令人吃惊。传说中，阎罗王手中有一本“生死簿”，这“电视画面”不是和“生死簿”差不多吗？我叹了口气说：“你这件事，我也帮不了忙。不过，如果以后有机会，可到那地方看看。”

金大富告辞而去，走到门口，恰遇陈丽雪到我家来。金大富一看到陈丽雪，差点瘫倒在地，后来上车离开了。陈丽雪对我说：“刚才那个人，我在进入古代时见过他，他是一个地痞，要勒索一个美妇人。”我又打电话问金大富，刚才是怎么回事？金大富说，刚才看到一个黑洞，把他吸了进去，把他脑袋拧了下来……他从未见到过这等恐怖的场面。

翌日，胡说来访。我、白素和胡说三人一起谈论起陈丽雪和金家父女的奇遇。我说：“这说明，冥冥之中，有一股力量主宰着报应。”白素说：“如果要报应金大富，这说得通，因为他可能做过坏事。但金小姐才20岁，不可能做过什么坏事，为什么见了陈小姐就害怕呢？陈小姐又是什么人呢？”

胡说道：“我问过陈丽雪，她说自己有一种强烈的感觉，必须严正对待善恶。”我说：“有一股主宰报应的力量，偶尔泄出一部分，落到了陈丽雪身上，使她产生了那种感觉。另外，报应不是马上兑现的，要经过几十年、甚至几百年才显现。大约金小姐在上几辈子做过什么坏事，所以见了陈小姐会产生那种幻觉。金大富曾去过一个奇怪的地方，在中美洲，主宰报应的力量或许出自那里，我打算跟金大富去一趟。”

过了两天，我和金大富踏上了去美洲的旅途。先是乘飞机、汽车，最后改为步行。

一天夜里，我在自己的营帐里睡着了。到了半夜，听到很大的声响，起来一看，见金大富对着一只盒子叩头，嘴中还念念有词。我感到好奇，想上前看那盒子，金大富不让看，我们争夺起来，盒子掉在地上摔裂了，滚出一个圆球。我拿起一看，是合金铸的，不像是人间之物。

我问："这是什么地方得来的？"金大富答："我在那地方看到它，出于好奇，就走了。不知它是什么东西。自我产生可怕的幻觉之后，就经常向它祷告。我担心这东西邪门，没敢放在家中，而把它放在一幢商厦的二楼，下面是家玻璃制品店。"

听到这儿，我明白了，以前的怪事，全是这圆球在作怪。金大富从那地方带出了这圆球，这球能放出一种能量，可以影响人脑的活动，金大富首先受影响，产生了有关报应的幻觉。金美丽可能接触过圆球，也有了同样的感觉。后来，金大富无意中把盒子放在陈丽雪的楼上，所以陈丽雪受了影响。

我对金大富说："你不是要知道你为何要遭报应吗？你今晚把这球放在你的营帐之上，睡上一觉，你就会找到答案了。"金大富依言照办了。第二天一早，金大富对我说："我见到了自己做的坏事，我该遭报应。我不必去那地方了，你一人去吧。"说罢，他一人回家去了。

我带着圆球，继续跋涉了几天，到达了金大富所说的那个地方。那地方是一个极大的山洞，圆球一入山洞，就自己滚了起来，停到了一个半球形的凹痕之中。洞壁上面满是一片片20厘米见方的金属片，难以计数。金属片上显出清晰的图像，10来秒钟变动一次，显示的全是人的不幸结果。正如我预料的那样，这里记录着人类的一切恶报。但谁是这里的主宰呢？

我回到家中，胡说和陈丽雪来了。我对他们讲了去那地方的经过，结论是："金大富从那地方带出来的那只圆球，干扰了人脑的活

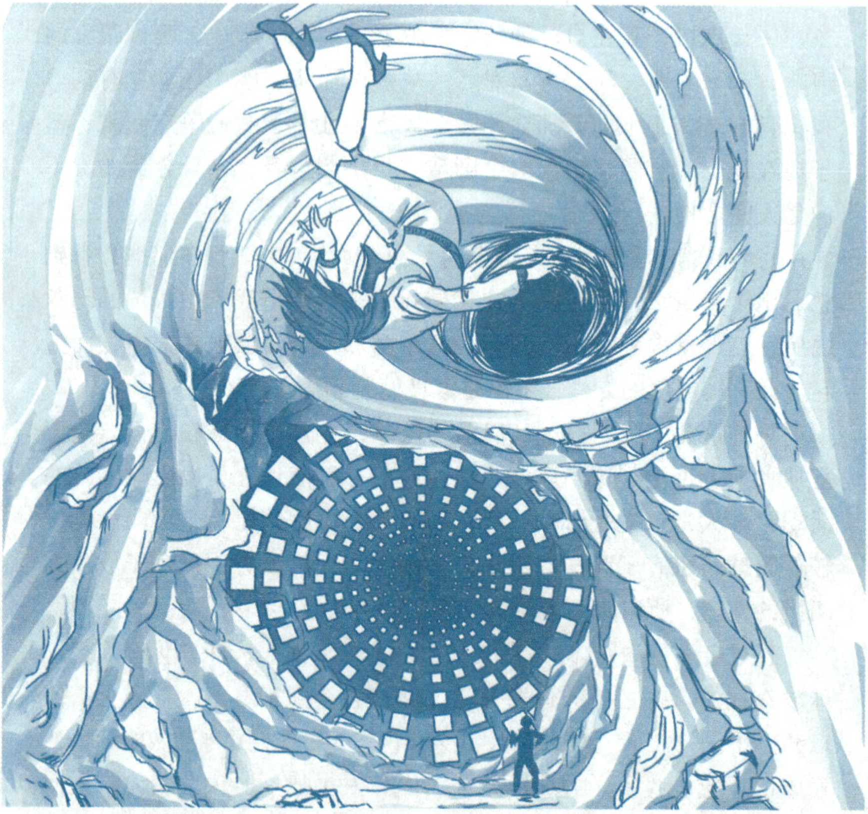

动，使陈小姐有特别的幻觉。可以说，那是果报神宫殿泄露出来的信息。而主持报应规律运行的，我相信是外星人。他们把宇宙生物的规律在地球上执行，丝毫不苟，绝对没有人可逃得过去！”

回来之后，我与金大富联络两次，没有结果，但常在报刊上见到他的名字，他大笔为慈善事业捐款，很有想借此赎罪的意味。金美丽和陈丽雪见过一次面，却什么事也没有发生，可能是圆球远离了她们，脑部活动不受干扰了。

《报应》，延边人民出版社，1997年6月，马义改编

不死药

卫斯理

我突然接到警方的一个电话，说骆致逊想见我。骆致逊是一个待处决的死囚，是因为谋杀他的弟弟而被判刑的。由于这个案子有许多神秘莫测的地方，所以轰动了S市，报上作了详细报道。

我认为这是一个十分奇怪的案件，因为骆致逊没有杀人动机。他是一个极富有的人，弟弟骆致谦在“第二次世界大战”中失踪。几十年来，骆致逊花了大量钱财去寻找他，不久前找到了弟弟。但是，在骆致谦回来之后第3天，他就将弟弟推下山崖，有7个人目睹了这种谋杀行为。这个案子的最神秘之处就是骆致逊的杀人动机是什么？他费了那么多的时间、金钱把弟弟从南太平洋的一个小岛上找回来，目的就是将他带回家害死么？如果是那样的话，那么他就是疯子，但专家证明他不是疯子。

骆致逊为何要杀他的弟弟？他始终不肯开口，如果他被处死，此事就成了一个谜。我曾经解决过许多十分荒诞的事，骆致逊在临死前几小时，忽然要见我，定然有极难解决的事情。于是我答应马上去见他。

我在死囚室见到了骆致逊，他居然提出要我帮他越狱，并答应在他出牢后，把全部真相告诉我。为了揭开他为何杀人这个谜，我不计后果地答应了他的要求。然而，骆致逊这个无耻小人出狱后竟背信弃义，自己一个人藏了起来，而我因为帮助死囚越狱则成了警方的通缉犯。我对骆致逊痛恨至极，决心要找到他。

后来，我获知骆致逊逃往帝汶岛。在一个朋友的帮助下，我被装进了1个货物箱，混上一艘货船，一个月后到达了帝汶岛。经过调查，他住在当地一个大富豪波金的家中。当天夜里，我带上手枪，独探波金府。

在一个房间里，我见到骆致逊和一个大胖子在说话，这胖子大概就是波金。我冲进房内，用手枪对着他们。骆致逊若无其事地说："卫先生，在这里，枪是没有用的。"他让我朝他开一枪试试，我被逼无奈，朝他肩头开了一枪。奇景出现了，在他肩头上只有一个深洞，但没有血流出来，3分钟后，什么痕迹也没有了。我被惊呆了，觉得不可思议。

骆致逊说："你不必惊奇，我们这里的人都吃过不死药，也可称为超级抗衰老素。"我说："我仍然不明白。"骆致逊说："我可以解释给你听。不过，你知道了我们的秘密之后，就不能留在这个世界上了。"

骆致逊接着说："我不是骆致逊，而是他的弟弟骆致谦。是我杀死了我哥哥，由于我俩长得十分相像，别人难以分辨。30多年前，在'第二次世界大战'中我是美军的一名军官。一次战斗中，我肩头中弹，舰被打沉，我抱住一块木板在海上漂流。后来遇到3个土人，他们将我救了，给我喝一种白色的液汁，不过1分钟，我疼痛顿无，伤口即刻愈合，肌肉中的弹片被挤了出来。我随3个土人来到一个与世隔绝的小岛上。我发现岛上的石头缝里，生长着一种奇异的植物，它的果实里能挤出一种乳白色的液汁。我住在岛上，经常饮用这种液汁，并发现这个岛上约有100多人，没有小孩儿，也没有老人。他们经常出海捕鱼，无论怎样惊涛骇浪，都可以安然回来。终于，我明白了一点：他们是不会死的。那种果实挤出来的液汁，是不死之药，是超级的抗衰老素，是功效无可比拟的人体组织复原剂。你知道衰老素是怎么回事么？所有的生物，在新陈代谢的时候，都自然而然地产生衰老素和抗衰老素，抗衰老素遏制着衰老的生长和扩展，一个生物的生命史，可以说是衰老素和抗衰老素的斗争史。如果人体内抗衰老素消失，人即死去。同时，如果抗衰老素不断得到补充，完全可遏制衰老素的生长，那么，人便可以长生不老。我心想，如果把这种不死药拿到文明世界中出售，我就可以成为大富翁。于是，我拼命收集这种液汁。4年以后，我收集了一大桶，乘着独木舟出了海，在海上遇到了大商人波金。我对他谈了自己的遭遇，他愿意和我合作。因为我掌握了长生不老的秘诀，我将成为世界上最大的富翁。”

听到这里，我不禁问：“那你为什么要杀死你的哥哥？”骆致谦说：“我要他和我合作，但他拒绝了，由于他知道了我的秘密，就不能让他活在世上。好啦，现在该送你上路了。”说完，他举刀向我砍来，精通武术的我，当然不会让他得手。但他手下打手甚多，我只得逃跑。

我逃到了深山里，不知如何是好。在山谷里，我遇见了一个土人。由于语言不通，我们用手势和在地上画图进行交谈，知道他也是从波金府逃出来的，他要回到一个叫汉同架的岛上去。于是，我俩成了患难朋友。花了3天时间，我们编了一只木筏，乘着它航行了7天，到达了他的老家——汉同架岛。他是这个岛的首领，全岛约有300人。我和他们一起生活，见他们经常喝那种不死药，我要求也喝一点，但遭到首领的拒绝。我很生气，他反复用手势和画图向我作解释，我终于弄明白了：一旦喝了这种药，必须经常喝，不然人就会变成白痴。这种药还会破坏人的生殖能力，所以岛上没有小孩儿。

一天，首领拿出一柄冲锋枪，我一看，便知是“第二次世界大战”时的物品，枪完好无损，还有不少子弹。首领比划着告诉我：他们有两个死对头，即波金和骆致谦。他们经常到岛上来，勒索不死药，还用枪打死了一个土人。由于土人不会使用枪，所以首领请求我帮助他们，待下次波金和骆致谦上岛时，可用枪来对付他们，只要打心脏，就能把他们打死。我终于弄明白，吃了不死药，心脏还是致命的要害。

过了几天，我听到了枪声，是波金和骆致谦上岛了，我藏了起来。这两个家伙一上岛，就对土人们作威作福，有一个土人稍有反抗，波金就开枪打死了他。我忍无可忍，瞄准波金的心脏开了一枪，骆致谦也被土人绑了起来。

我要把骆致谦带回去，送上法庭，首领同意了我的要求。他

送给我一只独木舟和一些必要的用品，我押着骆致谦出了海。在途中，我遇到一艘澳大利亚军舰。在舰长的帮助下，几天后，我回到了S市，把骆致谦交给了警方，他立即被处死了。

我回来后的第3个月，有一则新闻说，在南太平洋中，突发海啸，有一个岛国因此沉没了。我听到消息后，知道是汉同架从此消失了。也就是说，地球上再也找不到由那种神奇的植物中所提炼的抗衰老素——不死药了。

《不死药》，内蒙古人民出版社，1997年5月，马义改编

规　律

卫斯理

电话铃响了，我一听，是维城科学家协会的田中正一博士打来的。维城可以说是现代科学之都，以学术气氛浓厚而闻名于世。田中说：“卫先生，我们这儿发生了一件大事，康纳士博士死了，我们认为是一桩谋杀案。请您务必来一趟。”

我听后吃了一惊，康纳士博士的自杀，是轰动世界的大新闻，这位被誉为现代科学界最杰出的人物，享年不过52岁。他是自杀的，通讯社对他的死有极详尽的报道。

但是，为什么科学家协会认为他是被谋杀的呢？如果真是如此，那一定涉及政治斗争。因为康博士从事的是尖端科学研究，最近他研究的洲际火箭安全降落已获得成功。这一成果，将改变人类的远程交通面貌。

我考虑了一会儿，对田中说：“好的，我来。”我乘飞机到达维城后，即在田中等几位科学家的陪同下，来到康纳士博士的家中。我进行了详细的勘察，很显然，康博士是服毒自杀的，没有任何他

杀的迹象。我问："你们怀疑康博士是被谋杀的，依据是什么呢？"

田中答："我们有几卷电影胶片。在康博士死后第3天，我的一个小朋友——一个14岁的报童亨利交给我一包东西，说是捡来的，可能对我们有用处。我打开一看，是些超小型的电影胶片，只有在科学上才会使用得到。我们看过这些电影后，才产生了怀疑。现在请卫先生一起看看这些胶片。"

这是每分钟自动拍摄一格而成的电影，电影记录了康博士在室外活动的全部情况：乘车到学校，又离开学校；回到家中，又从家中出来；到一些科研机构……电影全部放完，一共是6个多小时，拍摄时间：第一卷是1971年2月2日，最后一卷是1972年2月1日，恰好是一年。在整整一年中，康博士在户外的全部活动，被人拍摄了下来。

我说："我明白了你们的意思，既然有人跟踪康博士达一年之久，那么其目的就是杀害他。"田中答："不错，我们正那样想。""这电影是谁拍的呢？""安全局调查过了，但没有结果。那个交给我胶片的小报童亨利，也神秘地失踪了。""好，那么我先从调查亨利失踪着手。我一定尽力而为，但不一定有结果。"

第二天，天蒙蒙亮，我就出了门。看到街边有不少醉汉，从他们的衣着看，有着良好的收入，有的人是躺在华丽的轿车里。生活在这样一个有学术气氛的城市中，有良好的收入，却要醉倒在街头，这真让我感到莫名其妙。

我找到了亨利的住处，没发现什么有价值的东西，只找到一张硬卡纸，纸上画了许多直线，有的重复又重复，有的重复次数少，还有一些组成大小不同的三角形或四边形。

我又到康博士的住处去了一次。康博士的管家婆告诉我，康博士死的前两天，有一个50岁左右、秃头的男子来找康博士，康博士便和他一起离去，约莫2小时后才回来。

我来到科学家协会，把硬卡纸给科学家们看，他们也弄不清纸上画的是什么，也从未见过那秃头男子。

我感到一筹莫展了。正在这时，有一个叫白克的年轻人来找我，他给我看了证件，是国家安全局的“特别调查员”。他说，安全局把康博士的案子交给了他，希望我与他合作，我答应了。

我和白克费尽周折，终于查明，小报童亨利已经被害，杀死他的凶手正是那秃头男子。并且查明，那男子是某国驻维城领事馆新闻摄影二级助理，名叫卢达夫，已经离开维城回国了。

白克和我搜查了卢达夫的住所。屋子里乱糟糟的，在墙角有只水族箱，里边放的不是水，而是大半缸泥土，泥土里有一些土蜂。我们十分纳闷，这个从事间谍活动的卢达夫，家中养一群土蜂干什么？我们在抽屉里还找到了一张白纸，纸上画的是些凌乱的线条。

所有的线索都断了，我感到再留在维城已没有什么意义，于是告别了科学家协会和白克，回到了家中。像这样有头无尾的事情，在我的经历中，是少之又少的。

几个月后，有一天白克来到我家中，寒暄一番之后，他说：“你走后，我把我们的调查写成报告，呈了上去。半个月前，上级通知我，卢达夫在东南亚某国出现了。我赶到那里，找到了卢达夫，略微用了点手段，他全招供了。他们的国家决定收买康纳士博士，如果不成，就将他杀害。结果，收买失败，就设计谋害康博士。谋杀计划是极其周密的，他们采纳了一位著名心理学家的方案：先动用许多人力，不断跟踪康博士，把他户外活动情况全部记录下来。然后，他们在一张硬卡纸上，把康博士这一年来的行动，用线条表示出来。你看到的那张硬卡纸上的线条，就是康博士一年来的活动轨迹。这之后，卢达夫求见康博士，带他到自己的住处看那电影和那张硬卡纸，康博士当然表示不明白。卢达夫又取出一只土蜂，放在一张白纸上。这种土蜂是掘土的圆花蜂，它的行动是有规律的，一生的行动已成了一种本能。土蜂在白纸张上一遍又一遍地爬着，在20分钟内，留下一连串的轨迹。他把白纸交给康博士看，什么也没有说，只是大笑。第二天，康博士就自杀了。”

我缓缓地吸了口气，有天旋地转的感觉。过了半晌，我才道：“你的意思是，卢达夫他们用强烈的暗示，说明康博士的生活，实际上和一只土蜂一样没有分别？”

白克说：“就是这样。康博士是高级知识分子，他一直认为自己是人类，是地球的主宰，可以凭努力做出任何事来。但忽然间，他发现所谓万物之灵和昆虫没有什么不同，试想，他如何还会有兴趣活下去？”

我想了一下，康博士确实是在这种情形下自杀的。白克又说：“其实，我的日子，也和昆虫是一样的，我只不过像昆虫一样生活着”。

我怔怔地望着白克，无法回答他这个问题。

《规律》，内蒙古人民出版社，1997年5月，马义改编

多了一个

卫斯理

我见到了世界上最奇怪的一个人，是一个多出来的人。什么叫作“多出来的人”呢？还得从头说起。

“吉祥”号货船在海上行驶着，船上一共有23名船员。航行到第7天，一股事先毫无警觉的风暴来了，船眼看要沉没，全体船员只好弃船，乘上5只救生艇逃命。

在海上漂流几天后，全体船员获救，被送到岸上。船长一清点人数，发现多出了一个人——一个30岁左右的男子。船长问他：“你

是什么人？是什么时候躲在船上的？”那人忙道：“船长，我是卜连昌，是您的三副啊！”卜连昌大家是认识的，可不是他这个长相。全船23名船员都不认识这个男子，但他却认识每一个船员，甚至知道他们的许多私事。他对于船员不认识他，感到十分气恼。

正在他们争论不休之际，我正好路过那里，听了他们的介绍，感到不可思议。我劝卜连昌：“你还是先回家，事情总会解决的。”卜连昌哭丧着脸说：“我老婆和孩子是不是也会不认识我？”我说：“我陪你一块回家。”

到了卜连昌家，果然卜太太及其儿女都不认识这个男人。我问卜太太：“你先生叫什么？现在哪里？”卜太太说：“我先生叫卜连昌，最近在南美洲被人杀害了。”说完，她拿出一张照片，我一看，照片和我身旁的男人完全不是一个人。

我对卜连昌说：“现在没有什么法子能证实你是卜连昌了。这家你不能回，就先到我的公司待一阵再说。”卜连昌无可奈何，就留在了我的公司。

为了弄清这个卜连昌到底是什么人，我想了两个办法：一是让手下小郭去调查死在南美洲的卜连昌的详情；二是把卜连昌的放大照片登在报纸上，希望认识他的人速来和我联络。

第6天，小郭的调查报告来了：那个卜连昌是个海员，今年30岁，性格暴躁。前不久在哥伦比亚和流氓打架，被人用小刀刺死，遗有一妻、一子、一女。调查还附了4个人的照片，照片上的女人和孩子，前几天我已见过，照片上的男人，却不是现在的卜连昌。我把卜连昌叫来，让他看了调查报告。他浑身发抖，说：“那么，我是谁呢？”

有一天，我正和卜连昌在办公室谈话，有两个俄国人拿了张报纸找上门来。那两人一见卜连昌，马上对他吼叫起来，我忙问是怎么回事。那两人指着卜连昌说：“这人是我军的申索夫上校，因有叛国行为，要捉他回去。”但卜连昌竭力否认，说他根本不是什么申索夫。俄国人拿出几张照片，照片上穿军服的人果然跟这个卜连昌长得一样。俄国人还说申索夫右肩有枪伤，我查看了卜连昌的右肩，确实有疤痕。俄国人动手要捉卜连昌，可是被他逃脱了。

第二天，俄国领事馆有4个人到我家。他们介绍说，申索夫是俄国的一名太空飞行员，一个月前执行太空飞行任务。在他飞行的第3天，他报告说，太空船失去控制，他必须在南中国海紧急着陆，以后，就失去了联络。我不禁深深吸了口气，南中国海，那正是“吉祥”号货船出事的地点。我说：“你们以为申索夫是落在南中国海，又被人当作船员藏了起来？”俄国人说：“这是最大的可能。”

我对俄国人说：“就算申索夫想叛逃，为什么他不向美国要求政治庇护，也不躲藏起来，而装作船员呢？更重要的是，申索夫是俄国的太空飞行员，他对‘吉祥’号的船员应该一无所知，不懂中文，但他却认识全体船员，也懂得中文。”接着，我向俄国人详细介绍了认识卜连昌的经过，最后说：“这人不是申索夫。”俄国人听我讲完，不由得苦笑起来，但还是将信将疑。

我说：“还有一个办法，可以核对一下指纹。”俄国人同意了，并留下了申索夫的指纹。过了两天，我设法找到了卜连昌，经核对，卜连昌的指纹和申索夫的指纹完全一致。这的确是难以接受的事实。

我陷入了沉思。我在想，决定一个人是什么人，有两种方法，一种是看他的外形，查他的指纹；而另一种是根据他的思想。如果用第一种方法，这人是俄国的申索夫；如果按第二种方法，这人就不是申索夫，甚至不是卜连昌，他是一个崭新的人，一个多出来的人。

在接下来的3天中，我东奔西走，听取各方面的意见。然后，再根据我自己的看法，作了一番综合。

第4天，我去见俄国人。我说：“几天来，我拜访了不少专家，得出一种见解，你们且耐心听一下：人类的脑子，可以发射一种微弱的电波，对于它，我们知之甚少，只称它为脑电波。这种脑电波，在某种情形下，以极其强烈的方式发射出去，在人和人之间，有时有奇异的心灵相通现象。这种情形，大多出现在生命发生危急的时候。”

下面的事情和我们的主角有关了。这件事的主角有3组：一组是申索夫，一组是卜连昌，另一组是“吉祥”号上的船员。

下面是我的假设：申索夫上校发现太空船失控，他自然意识到，生命处于危急关头。在那时，他的脑电波开始反常地活跃，并恰好飞过南美洲上空。也在那时，有个叫卜连昌的中国船员在某处跟人打架，处在临死的边缘，卜连昌的脑电波也处在非常活跃的状态中。在那一刹那，卜连昌的记忆，通过脑电波的反常活动，被申索夫的脑子接收去了。于是，申索夫原来的记忆消失，换上了卜连昌的记忆。那时候，申索夫已不再是申索夫。太空船继续飞，到达南中国海上空，他跳出了太空船，而恰好“吉祥”号货船失事，“吉祥”号船员的脑电波都在进行非常的活动，各人的记忆都在同样的情形下，零零星星地进入申索夫的脑中。

所以，当申索大获救之后，他熟悉“吉祥”号上的一切，他自以为是他们中的一员。

“你们两位应知，申索夫上校这个人，在世上已消失了，而多了一个不是申索夫的人。你们将他带回去，有什么用？”

俄国人相互望着。我又道：“你们不必担心他会泄露你们的国家机密，因为他对过去的一切毫无所知，而且永远不会记起来。”

他们呆了半晌，才道：“我们回去向上级汇报后再说。”后来，俄国人没有再来找麻烦。

那个卜连昌也逐步取得了卜太太和一双儿女的好感，成立了新的家庭。

《多了一个》，内蒙古人民出版社，1997年5月，马义改编

血 统

卫斯理

一天，我接到精神病医院的电话，说是郑保云要见我。我是郑保云的远房亲戚，他父亲是外星人，母亲是地球人，这事只有我才知道。郑保云的父亲死后，他看到父亲留下的一本书之后就疯了，住进了医院，已有好几年了。现在他提出要见我，大概是神志清醒了。

我马上赶到医院，在医生陪同下去看郑保云。进入病房，见郑保云还是呆呆的样子，我和他握手，在那一刹间，见他眼中露出一丝机警，同时觉得手中多了一样东西。我不露声色，退出病房。回到自己房中，我拿出来一看，是一块小布条，上面写着“帮助”二字。我心中琢磨，郑保云以这种方式和我通信息，一是说明他的疯病已经好了；二是说明他遇到了大麻烦。我决定当天夜里单独去见他。

到了深夜，我一人悄悄进入病房。令我大吃一惊的是，郑保云竟然不见了。

我急忙报告院方，派人四处寻找，还是不见他的踪影。就这样，郑保云失踪了。

过了两天，我决定到郑保云家中去看看。郑家是巨富，宅院浩大，只有几个佣人在看家。佣人们告诉我，这两天夜里宅中闹鬼，书房中有声响。

我从不信鬼魂，当晚就住在书房中。夜里一直无事，我慢慢睡着了。后来我听见有人在说话，睁眼一看，见郑保云在和几个模样极怪的人争吵。那伙人见我醒来，就离去了。

我忙问郑保云："这是怎么回事？"郑保云说："几年前，我在父亲的遗物中找到了一本书，在书中父亲告诉我，他是天龙星人。我要成为天龙星人，还是地球人，可由我自己选择。如果我选择当地球人，那么，以后天龙星人来找麻烦，那不是地球人的智能可以应付的。于是我决定成为天龙星人。按我父亲的指示，我把书撕开，一页一页吞到肚中。这书实际上是一种特殊的物质，吞服后能使我体内的天龙星血统彰显，改造我的身体结构，这个过程要若干年时间。在这过程中，我的脑部活动中断，看起来像疯子一般。前不久，这个过程结束了，我恢复了清醒。但麻烦也来了，我接收到了天龙星人和'红人'在寻找我发出的信号。所以我要找你帮忙。'红人'就是你刚才看到的那些人，他们是另外一个星球的人。'红人'的本事极大，他们能将身体分解成原子，再还原为人，所以是来无影，去无踪。前两天，我就是被他们绑架走的。他们说，几十年前我父亲路过他们星球时，拿走了他们一件重要的东西，现在向我讨还；还到我家来翻，一直没找到。刚才我对他们谎称，你卫斯理知道这东西的下落，想由你去应付他们。因为我还要设法去对付天龙星来的人。你是我唯一的朋友，务必请你帮忙。"

我听他这么一说，只得答应下来。郑保云走后，过了一会儿，"红人"来了。他们长相丑陋，但为人却很坦诚。他们说，"红人"一生下来，就要从一种特别的石头中吸取一种物质，才能生存，每隔几十年吸一次。有一块石头被郑保云的父亲偷走了，这块石头关系到100多个人的性命。按理，他们能测出石头隐藏在哪里，但如果石头被藏在铜器中，他们就测不到了。

听到此，我想起郑保云的母亲曾送给我一只箱壁很厚的铜箱子，箱子是郑保云父亲的遗物。那石头会不会藏在箱壁中呢？"红人"随我到我家中，我把箱子交给他们，他们果真找到了所要的东西，高高兴兴地走了。

箱壁中还留下一块金属片，当我拿起来时，忽然在脑中感到郑保云在同我说话，让我快去他那儿。我问他在哪儿，他让我把金属片放在额上。我依言做了，便在脑中出了一组坐标。我一查地图，知道了郑保云所在之处，就赶到了那里。

郑保云见到我，说："我急着要你来，是要告诉你一件大事儿。几十年前，有三个天龙星人来到地球上，其中一个便是我父亲。他们是来调查地球是否适合天龙星人。父亲和母亲结婚，是为取得观察研究的标本。后来生下了我，他为保护我，杀死了两个同伴，于是，他便成了天龙星的叛徒。前几年，天龙星又派出三个人，已在地球的深海处建立了基地，将要采取不利于地球人的行动。他们已向我发出信号，要我配合他们，以赎父亲之罪，但我不能这样做，所以请你来，由你冒充我，去与他们周旋，我在暗中配合，必要时只得把他们除去。他们还未见过我的面，你去冒充我，他们是不会察觉的。"

我一听，是为了地球，尽管危险极大，但我也在所不惜。后来，我冒充郑保云随天龙星人来到海中基地，在郑保云的暗中配合下，杀死了天龙星人，捣毁了他们的基地。

我问郑保云："你何以会下决心与天龙星人决裂？"他说："我必须作出抉择。我在地球上长大，虽然我的身体结构全是天龙星人，但是无法到天龙星去生活，天龙星不会接受我，就是我肯下手毁灭地球，他们仍不会接受我。再说我有一半是地球血统，我只能这样做。"

我问："你以后有何打算？"郑保云说："大富豪郑保云久病痊愈，这就是我的打算。只是你得替我保密，不能让人知道我是天龙星人。"

我答应了他的要求，一直严守着这一秘密。

《血统》，内蒙古人民出版社，1997年10月，马义改编

命　运

卫斯理

那天下午，我的一个小朋友温宝裕来电说，他的舅舅和一个叫宋天然的建筑师要来看我。不多久，宋天然来了，两人坐定，宋天然拿出一块石头和一张照片。我一看，是一块不规则的花岗岩，有一面很平整，上面有一些类似图案的花纹；照片是张黑白照，照片和石头上的花纹完全一样。我问："你把石头的花纹拍成照片了？"宋天然微微一笑，又拿出一张彩照。我一看，是一张住宅区模型的照片。他说："黑白照片拍摄的不是石头，而是这张彩照。"我把两张照片一对照，果然它们的轮廓完全吻合。

宋天然说："我是这住宅区的总设计师。这花岗岩上的花纹与我的设计完全一样，你对此有何解释？"我也迷惑不解，问："这块石头从何处得来的？"他说："建造这片住宅，要开一座山。前几天，我到工地去，看到在一堆石头中，有一块石头的花纹与我的设计轮廓线极为相似，就拿了回来。"我说："这件事情确实奇怪。石头上的花纹，显示了几亿年之后的情况，太不可思议了。"宋天然说："这石头上的花纹仿佛昭示，冥冥之中，自有定数。"

宋天然又说，那山上还有不少石头，邀我去看看，我欣然与他一起去了。在工地上，凡看到有明显花纹的石头，我们都拣了出来，一共有五六十块。回到家中，我对宋天然说，单凭我们两人，看不出什么名堂，我们把石头拍成照片，输入电脑；再把照片寄给世界各大电脑中心，如发现电脑资料与照片吻合的，请跟我们联系。宋天然认为甚好，他拿走30块石头，拍成照片寄出了。我则寄出去20张照片。这之后，我与宋天然天天保持联系。

过了几天，温宝裕来电话说，他舅舅失踪了。我这时才想起，宋天然有两天没和我通电话了。我让温宝裕再找一找看，话刚说完，警方的高级人员黄堂到了我家中。黄堂开门见山地说：“卫先生，你认识宋天然？他可能是有史以来最神通广大的特工了！”我张大了口，合不拢。过了一会儿，我才问：“这是从何说起？”黄堂说：“美国国防部有个专门机构，专事处理间谍卫星拍摄的照片。两天前，卫星拍到了一张照片，显示苏联在阿富汗部署了一个火箭阵地。但没有料到，电脑中早有资料，是宋天然寄去的一批照片中的一张，两者一模一样，可是它比卫星照片还早了3天，一个情报人员做的事，比间谍卫星还早，这岂不是神通广大？我要找宋天然没找到，所以到你这儿来了。”

我不由自主发出了呻吟声。接着，我把这些照片的来龙去脉给黄堂讲述了一遍；又把石头和照片拿出来让他一一过目。黄堂听完我的解释，像傻瓜一样摇着头，说：“简直难以想象！”过了一会儿，他用我的电话打了一个电话。七八分钟后，来了一个美国特工，黄堂向他讲了照片的来由，那特工哪肯相信。于是，我又把石头和照片给他看。他从口袋中取出一张照片，和我其中的一张照片进行对比，完全一模一样，他才不得不信。

我对那美国人说：“宋天然失踪了，可能被某国特工绑架了。请你设法通知他们，这事儿完全是巧合，跟宋天然根本没有关系。”黄堂和美国人走了。

两天之后，宋天然回到了家中，原来他是被苏联特工弄去了。温宝裕陪着宋天然到我家中，又谈起了石头上的花纹。温宝裕虽然年少，见识却是不凡。他说：“石头上的花纹，没人知道是什么，只知道世上一定有一现象与之吻合。”我笑了：“可以这么说。这个与之吻合的现象，或许已发生，或许还未发生。”温宝裕点头说：“如果这现象是静态的，那就不必深究了；如果是动态的，它的变化是不是隐藏在这花纹下面呢？”

我接着他的话说：“这石头只要磨去薄薄一层，花纹就会有变化。如果把变化一幅一幅拍下来，就可以知道今后的变化。或许磨去1厘米之后，就完全不同了。有可能1厘米代表了1万年。”宋天然这时叹道：“一切事情都太奇怪，冥冥之中，自有一股力量，早就决定了一切。”我说：“是的。那股力量就是命运，它主宰一切，不论是人是物，甚至整个地球、整个宇宙，都摆脱不了命运的主宰！”

我把两位客人送走后，妻子白素从法国打来电话，说她父亲病情恶化，让我快去法国。到了法国，白素对我说，老人脑部有个肿瘤，不知开刀好，还是不开刀好。我俩去找医生，医生拿出一张病灶的扫描图，向我们介绍病情。我一看那图，十分熟悉，与我家中20张石头花纹照片中的一张完全一样。我对医生说，开刀不开刀，让我们考虑3天再作决定。

回到住处，我向白素详细介绍了石头花纹有预示能力的情况，并说，那块石头磨掉一点儿，说不定能预知老人以后病情的变化。白素听完，惊讶不已。我又说，我打电话回家，托我们的朋友陈长青把石头磨一下，每磨一层，拍一幅照片，拍它10张，随后传真过来，看看老人以后的病情会怎么样。白素答应试一试。

第三天，我收到了10张传真照片。我和白素依顺序看，照片上的病灶在逐渐缩小，最后消失了。我们十分高兴，就把照片给医生看。医生看后，十分讶异，指着照片说，白先生的病情本不严重，由于没有及时治疗，现在肿瘤变大了。我一听，心中顿时明白了：这块石头被炸开，恰好显示了中间部分的花纹，这一半往下磨，显示的是以前的情况；石头的另一半，才显示将来的情况。但这另一半石头根本找不到了。

后来，我岳父接受了激光治疗，情况很好。过了几天，陈长青来电话讯问我岳父的病情，我作了介绍。陈长青叹道：“只有你岳父这样的人物，才会有记录在石头上！我等凡夫俗子，是没有这样的石头的。”

《命运》，内蒙古人民出版社，1997年5月，马义改编

茫　点

卫斯理

一天，有个叫张强的精神病医生来找我。我妻白素接待了他，谈了一会儿，白素就随张强走了，一夜未归，我心中略感不安。第二天，我到安宁疗养院找张强，他没有上班。我赶快回到家中打开录音电话，听到了白素的留言：“我随张强已到东京，追查一件怪事。我住在东京京王酒店1305室。”我正要往东京挂电话的时候，电话铃响了，是我的一位朋友、东京警视厅的高田警官打来的。说张强坠楼死了，是被白素推下去的，有两个目击证人，白素现住入阿波野精神病院，让我快去。

听完这活，我焦急得快昏过去了。我深信白素不会杀人。我马上乘飞机到东京，高田把我送到阿波野精神病院。当我来到白素住的病房，发现她已经悄然离去，给我留下一张纸条：“我没有杀人，我在追查一件事，尾杉是关键人物。张强的病人时造旨人也是关键人物，你快去找他。”

我即刻乘飞机回国，来到安宁疗养院，通过张强的同事梁若水医生，找到了时造旨人。时造说：“我是一个作家，在一篇报道中提到日本围棋奇才尾杉能了解别人的心思，所以屡战屡胜。不知怎地惹恼了尾杉，跑到我家大吵，差点把我掐死。由于尾杉是名人，我暗中对尾杉进行调查，偷入尾杉的住宅，在一间密室中发现一些

怪异的仪器，我拍了一卷胶卷。我相信，尾杉是通过这些设备来探知别人心思的。正在我深入调查之时，迫于各方压力，只得暂离日本。在整理行装时，我发现在镜子中看不到自己，感到十分害怕。到中国后，就找张强医生看病。”

听完时造的话，我想，按时造的说法，尾杉通过某种方法能了解别人在想什么，并能影响别人的脑部活动，使之产生错误的判断，例如不能在镜子中看到自己之类。如果是这样，张强的坠楼，酒店两个清洁工看到白素把张强推下楼，都是脑部活动受干扰的结果。这就是说，白素不是杀人犯。

我来到梁若水医生的办公室，向她介绍时造的谈话内容以及我的看法。梁若水说：“张强的看法与你相同。他认为，人脑部的活动会放射出能量，既是能量，就有可能被接收，被干扰。”我说：“如果是这样，日本围棋高手尾杉可能是元凶。我得再到日本去一趟，作进一步追查。”于是，我马上回到家中，看看有无白素的留言。打开录音电话，白素说：“如果你到东京来，可先与在地铁摆摊的尔子姑娘联系。”

我登上了赴东京的飞机。邻座是一个叫陈岛的中国人，我和他攀谈起来。陈岛告诉我，他是安普蛾类研究所所长，专门从事蛾的研究。在研究中发现，蛾能发出一种信息，可被其同类接收。于是，他们研制能接收这种信息的仪器。蛾的信息很弱，他们不断改进仪器，终于能接收到蛾的信息。陈岛还说，他们也发现，一切生物发出的信息基本相同。与陈岛的一席谈话，使我受到很大启发。

到了东京，通过在地铁摆摊的尔子，我找到了白素。白素对我叙述了她在日本追查的经过：“我和张强来到东京，是要到时造家中找一叠相片，想看看他在尾杉的密室中拍摄的仪器到底是什么东西，但看到的却是一叠空白的照片。张强和我一无所获地回到下榻的酒店。我又想，应到尾杉家中看一看。当晚我一人偷偷潜入尾杉住宅，在密室中找到一台仪器和一副耳机，仪器上有安普蛾类研究所的字样。我立即把这两样东西拿走，准备到酒店中进行研究。到了酒店，张强戴着耳机，我扳动了仪器上的按钮。突然，张强大叫一声，跳上窗子跳下去，我没拉住他，他坠楼死了。这情景被听到叫声推门而入的两个清洁工看到了。我当时知道这事情肯定说不清楚，赶紧离开了现场。不久，我立即感到那两件仪器的重要，就化妆成记者来到出事现场，但两件仪器已不见了。我估计是尾随我而来的尾杉取走的，所以警方也没有发现这两件东西。后来，我听说尾杉疯了，住在阿波野精神病院。我追踪而去，他已离开，以后我一直没找到他。”

我说：“我认识安普蛾类研究所的所长。那两件属于这家研究所的仪器，原本是用来接收蛾类信息的，想不到对人脑发出的信息也有作用，能干扰人脑部的活动。尾杉通过这两件仪器，能了解别人的心思，因此把这当作自己最大的秘密。时造在无意中捅破了这一秘密，惹恼了尾杉，把时造逼离日本，并用仪器干扰时造脑部的活动，让他在镜子中不能看到自己。张强的坠楼，酒店两名清洁工看到你在推人下楼，都是脑部活动受到那两件仪器干扰的结果。”

谈到这儿，电话铃响了，摆摊的尔子来电话，让我们立即看电视，说是有重要新闻。我们打开电视，电视详细报道了围棋奇才尾杉从山上摔下惨死的情景。对于尾杉的死，我怀疑其中有诈，于是找到警察厅的高田警官，他说：“尾杉真的是死了，已核对过指纹，绝无差错。尾杉尸体的旁边有一台摔坏的仪器，想必是你所说的能干扰人脑活动的仪器了。尾杉可能也受了这仪器的害。”

我要求看看张强的遗体，高田带我去了陈尸处。我仔细察看了张强的双手，无一点伤痕。我对高田说：“警方不是在通缉白素吗？现在我领你去找她。”

过了几天，法庭审理白素一案。酒店的两个清洁工详述了见到白素把张强推下楼的情景。白素的律师问："你们是不是看到张强手上沾满了血？"两个清洁工都作了肯定的回答。这时，高田警官让人把张强的遗体推到庭上，向法庭展示张强的双手：没有任何伤痕。

最后，法庭宣布：证供与事实不符，白素无罪，当庭释放。

《茫点》，内蒙古人民出版社，1997年5月，马义改编

错　手

卫斯理

白老大是我的岳父，年轻时在江湖上赫赫有名。他有个老友叫哈山，是个大富豪。两人虽然年迈，但是童心未泯。一次两人见面，竟为一件小事打起赌来。哈山老人说，他躲在自己拥有的那艘豪华大邮轮上，在80天的航行期间，如果白老大能找到他，就把这艘邮船送给白老大。白老大不甘服输，接受了挑战。

邮轮按时起航。两位老人同在甲板上，哈山先行离开，找地方藏身，1小时之后，白老大开始寻找。他满以为能很快找到哈山，不料在船上找了几遍，都没找到。

过了60天，仍一无所获。白老大开始焦急起来。

在第63天，邮轮泊到本城的码头，白老大上了岸，直趋我的住所，老人对我和妻子白素讲述了打赌的事情。我和白素知道他好胜心极强，打赌输了会影响他以后的生活，所以决定随他上船，帮他找人。我们分析，船长一定知道哈山的藏身之处，建议老人用高价收买他。平时如果我们这样做，有失公正，但情况紧急，也顾不得那么多了。

当晚，在开船之前，我们三人一起上了船。白老大用半艘船的

大价，让船长说出了哈山的藏身之处——蒸汽室。白老大让船长立即下令关闭蒸气，气雾一散，露出了一只像冰箱的大箱子。白老大大声喊：“哈山，找到你了，快出来！”但没有得到回答。白老大用力拉箱子的门，怎么也拉不开。后来动用了轮船上的所有设备，也没能把箱子打开。我和白素想，这箱子是用什么材料做的，怎么打不开呢？哈山待在里面60多天，他不吃不拉吗？他不会闷死吗？是不是人根本没在箱子里？

日子过得很快，80天到了，邮轮到达终点。按约定，如果找不到，哈山应该准时自己从藏身处出来。大家等了一天，就是不见哈山出来。白素认为，这箱子肯定有些古怪，一定得设法打开，不然心里不踏实。她想起了相熟的云氏工业系统，这家工厂拥有世界上最先进的工业设备，请他们开箱，想来没有问题。经过联系，就把箱子运到了那里。

到了厂里，厂方专家听了我们的介绍，十分兴奋，商定好方案后，立即动手开箱。他们先对箱子用X光测试，结果什么也没测到；接着用世界上最先进的激光仪切割，箱子竟然丝毫无损。大家惊诧不已，这箱子大概不是地球上的产品。最后，我建议用激光枪对准门缝打，果然破坏了箱子的门锁。我迫不及待拉开箱门，看到里面椅子上坐着一位老人，他正缓缓睁开眼睛，似乎刚刚醒来。不用说，他就是哈山了。哈山从箱中出来，见到白老大，说：“你真了不起，找到我了。”他又一看，发觉自己不是在船上，急急地问：“这是什么地方？我怎么在这里？”

我忙对他说：“不要急，听我慢慢对你讲。”接着，我把寻找他和开箱的经过详细地介绍给他听。我又问：“这古怪的箱子是从哪里得来的？”哈山说：“一年多之前，我乘船到离百慕大100海里的海域钓鱼，看到海上漂浮着一只大箱子，出于好奇，就把它运回家中，放在地窖里。我想了解箱中到底有什么东西，就设法开箱，折腾了一个多月，毫无结果。有一日，我用大铁棒在箱上乱敲，过一会儿，箱门开了，里面走出一个20来岁的青年。我问他是谁？一直待在箱子里难道不会闷死？那青年告诉我，他叫刘根生，是小刀会首领刘丽川的儿子。这箱子的用处太多了，一下子他讲不了那么多。他把我领进箱中，指着椅子上许许多多的按钮说，这些按钮千万不要乱动，否则会造成极大伤害。他指着有小圆点的两个按钮说，坐上椅子，按下它们，门会关上，人的心跳停顿，呼吸停止，这种静止状态，对健康十分有益。他又指着另一个按钮，说按它一下算一天，门就打开。刘根生说箱子先存在我那儿，还嘱咐我不要对任何人讲。我曾进箱中住过几次，每次一天，确实对健康十分有益。白老大要和我打赌，我把箱子偷偷运到船上，藏在箱中。大概是多按了几下按钮，我才没能准时走出箱子。”

大家听完哈山老人的话，感到十分新奇。小刀会刘丽川的儿子，是100多年前的人，怎么那么年轻？这箱子他是从何处得来的？谁也无法回答。不过，大家都想进去试试，看箱子是否真那么灵验。哈山同意了，只是再三关照，不能乱动按钮。我先进去住了一天，感觉良好。然后，其他人轮流进去试住。

正在这时，哈山接到家中电话，说有个青年人找他。哈山知道准是刘根生，就让家人立即把刘根生领到厂里。刘根生一到现场，见那么多人围着他的箱子，非常生气。我忙上前和他打招呼，问他从什么地方来，这箱子又是怎么回事……

刘根生一声不吭，他拉开箱门，走进去，取出一个圆柱形的东西，放人衣服中，一言不发地向外就走。他动作极快，没等大家反应过来，他已不见踪影。

白老大气得在箱中椅子上的按钮上乱拍，大家生怕发生什么意外，可是什么事也没有发生。我叫道：“刘根生把这箱子的动力能源弄走了！”一句话提醒了大家——没有了动力能源，这箱子就算有一万种作用，现在也一种都没有了。

这时白老大和哈山相视一笑，说："这次打赌，谁也没输！"

《错手》，内蒙古人民出版社，1997年10月，马义改编

尽 头

卫斯理

我在街上走着，见前面围着一群人，上前一看，原来是两个十六七岁的少年在打架。围观的人不但不劝阻，还在大声叫好。看到这种情况，我感到恶心，喝道："别打了！"想将那两少年分开。出乎我意料的是，这两个小流氓突然各自抽出一柄小刀，向我刺来。我不禁心头火起，飞起双脚，把两人踢翻，然后把他们交给了闻讯赶来的警员。

过了几天，我又在路上遇见那两个小流氓，他们企图向我行凶，又被我抓住，送到了警局。

回到家中，我向妻子白素谈起此事："人变得越来越不像人了，不知是怎么搞的？"白素说："明天章达要来，我们可以向他请教。"

章达是我的好友，一位卓有成就的社会学家，他将来本市参加一个重要会议。第二天，章达一下飞机，就到我家来了。我和他商谈这3天的日程安排时，电话响了。我一听是警局打来的，说是被我抓捕两次的那两个小流氓今天从拘留所逃走，刺伤一个警员，抢走了一支枪，要我小心提防。我问章达："人为什么会像野兽一样疯狂，是不是因为受的教育太少？"章达沉思半晌，说："不是教育问题，绝对不是。"

章达拿出带来的电影资料片。在影片中，看到世界各地的、成

群的失学者在杀人放火，也看到成群的大学生在干同样的事，受过高等教育的人，跟文盲一样疯狂。

章达长叹一声：“对这个问题，我已研究多年，虽尚无结论，但总觉得有一种神秘的力量在起作用。”我问：“神秘的力量？那是什么意思？”

章达来回踱着步：“这不过是我的猜测，还没有找到根据。”

话音未落，“砰！”一声枪响，章达立刻倒下去。我看到窗外有人影一闪，连忙弯下腰冲了出去，把他擒获。我一看，是那个曾被我抓住两次的小流氓。就在这时，警车来了，我把杀人犯交给警方。此时章达已经死了。凶手本来要杀我，现在章达却死了，这事让我难受万分。

由于章达是国际知名的人士，他的死引起了警方的重视。第二天，两位高级警官来到我家，了解章达的死因。我把昨天发生的情况讲了一遍，我说：“章达博士讲到过一种神秘的力量，不知是指什么？”

有一位警官说：“如果有那种神秘的力量，那么，章达博士的死不会是意外。”我呆住了。是的，章达的死并不偶然，或许是那神秘的力量在作祟。两位警官请我协助调查此事，我答应了。

我的调查先从那小流氓着手。那小流氓叫丁阿毛，已在牢中自杀了。后来，我又调查丁阿毛的家属、他所接触的人和他可能的一些去处，可是没有一点线索。

一天，我开着车在路上行驶。突然一辆10吨的大卡车向我撞来，一声巨响之后，我什么也不知道了。等我醒来时，白素告诉我，我已经昏迷了86天。

我又在医院住了半年，才能走动，然后回家疗养。我心中明白，这是对我的第一次谋杀，可能还有第二次。第二次谋杀什么时候来呢？

我担心的那一刻，终于来了。

一天黄昏，有俩人来找我。我一看那两个陌生人，就觉得事情有点不对头。我心中想好了应付之法：装傻。那俩人问我关于章达和丁阿毛的一些事，我均称记不起来了。俩人见我这种样子，就离去了。我悄悄地跟踪他们，最后见他们进入一幢豪华的小洋房。

我回到家中，对白素讲了我的发现，说："这俩人是谋杀我的凶手，得抓住他们，问他们的后台是谁。"当晚，我和白素悄悄潜入那小洋房，经过一番激战，制服了俩人。

两个人供认：他们受一帮外星人控制，在亚洲只有他们两个人。这帮外星人不知来自哪里，他们也从未见过外星人。只知外星人有一个太空站，太空站与地球的距离相当于地球和太阳间距离的130倍。外星人就在太空站对他们进行遥控，供给他们最豪华的享受，有一些受驱使的人，会自动送钱给他们。外星人的神通广大，他们能探知人的思想。

他们发现地球人可分成两种人；一种人不受他们的控制，如章达、卫斯理等；另一种人，外星人通过某种方法，可以驱使他们去破坏、去暴乱、去毁灭人类的文化，让人类回到原始时代，人类就到了尽头。

这些话听起来匪夷所思，但是地球上发生的事情不正是这样吗？章达所说的神秘力量，就是这些外星人了。

我问："外星人这样做的目的是什么？"这两个人说："我们也问过外星人。外星人认为，地球人的科学如果发展下去，总有一天会发现他们的存在。他们的目的，就是不要地球人发现他们。"

我和白素听完之后，什么也没说，离开了那小洋房。

在第三天，晚报上登载了《豪华住宅神秘爆炸》的消息。那两个人，自然因泄露秘密而受到了惩罚。而我们，怎么办呢？

《尽头》，太白文艺出版社，1997年5月，马义改编

迷 藏

卫斯理

我有个表妹，叫高彩虹，特别爱玩。一天，她寄给我一只邮包，邮包中是一块锈迹斑斑的铜牌。表妹在附信中说，这次她到安道尔的一个古堡中游览，古堡有一禁令，不准捉迷藏，那铜牌上就镌着禁令。表妹问我这是为什么？我当然不知其中的原因。为了给表妹一个答复，我拿着铜牌去请教一位年轻的朋友——欧洲历史权威王居风。王居风听我讲了铜牌的来历，极有兴趣，表示愿到安道尔去，探寻其中的奥秘，我十分高兴，当即给表妹写了封信，让王居风带去。第二天王居风就动身了。

谁知，过了一个星期，彩虹打来长途电话，说王居风失踪了，让我快去安道尔。出了这样的大事，我只好抛开一切事务，赶往安道尔。可是，我一到那儿，见表妹和王居风一起来接我，我顿时火了，以为他们在捉弄我，扭头便要走。表妹一把拉住我，向我述说了她遇到的怪事——

彩虹到安道尔的一个古堡游览，因为已是深秋，古堡即将关闭，只留下一个叫古昂的管理员。彩虹到古堡时已是傍晚，遂请求留宿，古昂给了钥匙和一盏手提灯，让她自己任意找间屋子休息。彩虹到了三楼，进入最东头的一房间，不敢关灯便躺下了。一觉醒来，见房间一片漆黑，大概是灯的电用完了。她起来，打算用打火机点燃壁炉架上的蜡烛。走到壁炉架跟前，突然一股风吹来，吹灭了打火机，彩虹手一哆嗦，打火机掉在地上。她弯腰去捡，摸来摸去摸不到，却摸到了一只男人的手，吓得她大叫起来。过了一会儿，听到“当”的一声，似有一重物落地，彩虹拉开窗帘，借着月

光，看出是一块铜牌。这铜牌原先没有，不知是从哪里冒出来的。彩虹以为这是管理员的恶作剧，为报复他，取走了铜牌，寄给了我。

后来，王居风来到安道尔，彩虹和他一起重探古堡。此时古堡里面空无一人。俩人进入古堡想探寻有无秘道，在里面找了好几天，毫无收获。后来彩虹突发奇想：破一破古堡的禁令，玩捉迷藏。她让王居风去躲，自己去找。王居风藏起来之后，彩虹怎么也找不到他，找了一天多，也不见人影。彩虹急了，所以打电话给我，一打完电话，她就回到古堡继续寻找。回到古堡时，只见王居风呆呆地站在门口……

表妹说完了之后，王居风接下去说——

高彩虹要捉迷藏，王居风答应了。为了让彩虹找起来方便些，王居风躲进了三楼最东头的那间屋子，藏在壁炉下的一个凹槽中。王居风刚一进去，听到有人喊："抽他！"接着王居风挨了一鞭子。王居风直起身来，发觉自己不是在古堡的房中，而是被吊在一株大树上，一个身着古代军装的人站在树下，王居风昏了过去。醒来时，发觉自己被关在牢房中，知道自己是一个贫民，名叫莫拉，被大公的军队捉来建造堡垒。因为活儿太苦，莫拉第二次逃跑，又被抓住，头上套了绳索，被吊在绞刑架上处死。不知过了多久，王居风又发觉自己站在古堡门口，彩虹向他奔来。

我听完俩人的经历，说："我不相信这些话，我得回家。"王居风急忙道："卫斯理，四度空间一直是神秘的话题，难道我们不能有机会突破四度空间，回到过去？"我说："反正我不信你们的话，再见了！"

我离开高、王二人，傍晚途经一家小旅馆，想在此留宿。我踏进旅馆，听见一男一女在说话，女的叫男的"古昂"。我一听见"古昂"这名字，马上引起了我的注意。我上前一问，他果真是古堡的管理员。我向古昂讲了高、王二人在古堡中遇到的事，他一点儿也不惊讶。他说，古堡的确常有怪事发生，有时会少一件东西，过些日子又出现了。他的父亲、叔父前几年在古堡失踪，迄今未找到。我一听，心里不免着急起来，说不定古堡里真有什么古怪，不能让高、王两人在那里胡闹下去了。第二天一早，我驱车赶往古堡，进入古堡后马上寻找，又大声呼喊，找了一天多，就是不见他们的人影。我心想，可能他们误入了什么秘道，处境一定十分危险，我一个人不行，得找人帮忙。

我返回旅馆，对古昂讲了高、王两人在古堡失踪的情况，并让他帮我去寻找。他听后感到十分害怕，说什么也不肯去古堡。我以极恶劣的态度强行把他拉上了车。到了古堡，我们逐一搜索房间，毫无结果。到了三楼最东头那间房内，古昂在椅子上坐下休息，我下楼去弄咖啡，等我回来时，古昂却不见了。我正要找他时，古堡外响起了汽车声，下楼一看，来了几个警察和村民。警察问我古昂在哪里？我答不上来，警察认为是我以武力绑架了古昂，现在受害人又不见了，便把我关进扣留所。

过了两小时，警察告诉我，古昂死了。我跳了起来，问是怎么死的，警察不回答。两天后，我被押往安道尔的首都。内政部副部长康司看过我的全部材料后，不认为我是杀人凶手，但是没有这方面的证据。他给了我一个月时间，要我自己去寻找证据。我请求他给我提供有关古堡的一切资料，康司答应了。这之后，我便埋进资料堆中。在资料中，我找到了莫拉在行刑时突然失踪的记载，还找到一个叫古昂的军官被杀死的记录。但把这些讲给法官听，法官会相信吗？

过了几天，康司交给我几盒录音带，说是有两个中国人托一个村民把它们交给卫斯理的。我估计是表妹和王居风的音带，就让康司和我一起听录音。

果然，是高、王二人的谈话录音。他们说——

我们相信，古堡有一种不为世人所了解的古怪因素，可以使人回到过去，突破时间界限的地方，一定是在三楼最东头的那间房内。于是我们决定寻找。彩虹寻到床底下，立刻感到不对，地下像是有条裂缝，她掉了下去。掉下后感到迷迷糊糊，后来变成另一个人，一个叫娜亚文的女子，是大公古堡中的女侍。她变成女侍时，正在大公的书房中，见大公手中拿着一件小东西。大公说，这小东西能打出火来，不知是什么玩意（实际上是高彩虹失落的打火机）。过了两天，大公把娜亚文找去，说堡垒中常有怪事发生，他下了禁令，堡垒中不准捉迷藏。突然间，大公不知怎么发怒了，抓起桌上一块铜牌向娜亚文砸来……

王居风的情况和高彩虹有点儿不同。他一下子回到了第一次世界大战的奥地利战场上，而后又流浪到巴黎街头……

在这些日子中，高、王二人很高兴，享受了前所未有的乐趣。在多次的时间来去之中，他们甚至找到了其中的诀窍，可以凭意志来往了。现在他们还不想回来，还要继续游历，所以找了架录音机，录了音寄来。

听完录音，我问康司："这能为我洗掉罪名吗？"康司说："你赶快离开这儿，别让这儿的人发现你。"他又说："我真想到古堡去试试。如果以后我失踪了，就是我走进时间中去了。"

我告别了康司，回到自己家中。回家后，我一直等着，但迄今高、王二人还没有回来。

《迷藏》，太白文艺出版社，1997年5月，马义改编

古声

卫斯理

天气很阴沉，我一人在家。感到很无聊时，门铃响了，邮递员送来一只木盒。打开后，里面是一盒录音带，我把它放进录音机，听到了一个中年人的声音："我叫熊逸，是德国一家博物馆的研究员。我将有东方之行，先把录音带寄来，不知您对这声音有何看法。"这后面，便是"啪啪"的声响，持续了约莫10分钟。接着，便是一种有节奏的声响，像是一种竹制乐器吹奏出来的。两分钟后，是一个女子充满绝望的尖叫声，拖了半分钟，是男男女女的合唱声，听不清唱什么，每一句只有四五个音节，而每一句的最后一个字，听起来都是"xiu"音。我听了好几遍，不知这些声音表示什么意思。

过了两天，熊逸来到本城，和我见了面。他说："我有个学考古的朋友叫黄博宜，在美国一家博物院工作。他把录音带等给我，还附了一封信，说这盒录音是他在一个极其偶然的情况下记录下来的。他马上要到德国和我研究这件事。但是，几天前他横遭车祸，人已经死了。"我问："为什么你把录音带寄给我呢？"熊逸说："我曾和不少人听过这盒录音，大家都认为里面的合唱是用中国话唱的。我听人介绍，您是中国方言的专家，所以想听听您的看法。"我摊了摊手："但是我一个字也没听出来。"

熊逸说："这录音带是黄博宜的，现在他死了。我想请你和我一起去揭开其中的秘密。"我答应了。我认为，这件事得从黄博宜那儿着手，熊逸同意我的看法。他有些事要办，让我先去美国进行调查，过些日子在美国会合。

我带着熊逸写的介绍信，来到美国黄博宜工作的博物院。我拜访了邓肯院长，向他说明了来意。邓肯院长很热情，把黄博宜的办公室给我使用。在黄博宜的办公桌上，我看到一只细长的古瓶，瓶颈很长很细，上着黑釉，上面有许多细纹。邓肯院长说："这只瓶子，黄先生已研究半年多了，但还没有结果。"

我开始调查，半个月过去了，毫无进展。一天，我翻阅黄博宜的私人信件，发现黄先生常收到旧金山安小姐的来信。于是，我到旧金山，找到了安小姐。安小姐讲，不久前，她收到过黄博宜的一封信，信中提到过录音带的事。安小姐拿出了那封信，信中最后说："我昨天发现了可以说是世界上最奇怪的声音，那是一个女子的尖叫声和一些合唱的歌谣。我敢说，当我确定了那些声音的来源之后，一定会轰动整个考古学界。"我看了信，思绪很乱，但总算没有白来一次，这信对录音带有了一些交代。

第二天，我启程回到博物院，熊逸已到了那里。我把这些日了所做的事讲给他听，最后讲到安小姐的信。熊逸说："黄博宜说声音与考古学有关，难道他发现了古代的声音？"我说："有可能，我们听到的录音带上的声音说不定是古代的呢！"我边说边挥手，不小心碰翻办公桌上那只细长的古瓶。我低头一看，那瓶中塞着一张纸。那是一张收据，是一家"音响实验室"开出的，费用的项目是"电子仪器探测音波的反应"。

熊逸拿起那只细长瓶说："我认为声音在这只瓶子上，瓶上的细纹如同唱片。"我跳了起来："快到那实验室去。"我们抱着瓶子出了博物院。由于太激动，我开车时油门踏得太快，汽车翻了。等我醒来时，发现自己躺在医院里，熊逸站在床前。我忙问："瓶子呢？"熊逸说："碎了。我在碎片上发现了几个小字，表明瓶子是战国时代的。这些字原来是在瓶子里面的，如果瓶子不碎，真还不能发现呢。我已与那家实验室联络过了，他们说，黄博宜曾请他们对瓶子作音波的反射实验，从那些细纹中找到很多声音，便录了下来。"

我问："瓶子怎能保存声音？"熊逸说："实验室的专家告诉我，液体在凝结为固体时，会保留声音，唱片就是根据这原理制成的。我的假设是，当时，正有一个制瓶匠在制造这只瓶子，他在瓶身上刻了许多花纹，在无意中将附近的声音录了下来。"我又问："那么，这些声音说明什么？"熊逸说："可能是附近在进行祭神活动，祭神是古代人祈求平安的一种仪式。祭神时要杀掉一个少女，献给神灵，然后唱哀歌。这些歌唱的是什么，现在没法分辨出来。但每一句的尾音都是一个'xiu'，这与楚辞中的'招魂'是完全一致的。"

我明白了，楚地的人，杀了一个少女祭神，然后又齐唱哀歌，替少女招魂。这就是黄博宜发现的声音，秘密就是如此！

《古声》，自序1986年11月16日，太白文艺出版社，1997年5月，马义政编

玩　具

卫斯理

我有个朋友叫李持中，是个玩具推销员。一天他对我说，他遇到陶格一家，男的英俊，女的漂亮，一双儿女非常可爱。但这家人很怪，似乎有玩具恐惧症。今天他去推销玩具，被他们一家人轰了出来。李持中在对我讲此话之后三天，警方的杰克上校来电话要我立刻去，说李持中要见我。我马上赶去，李持中已奄奄一息，他对我说了“他们杀人”四个字之后，就断了气。后来，尸检证明李持中是死于突发心脏病，但是李持中临死时说的那句话是什么意思呢？

李持中的死，使我想起了一对老年夫妇的奇怪死亡。一年前，我在火车上遇到一对老年夫妇在对一个长得极英俊的男子说话，这男子身后是他美丽的妻子和一双可爱的儿女。老妇称那男子为“陶格先生”，但那男子极力否认，急率一家人走开了。两小时后，那对老年夫妇突然死在火车上，听说也是突发心脏病。这三个人与陶格一家有了特别的接触后，都莫名其妙地死了，这难道是巧合吗？

我把怀疑对杰克上校说了，他向我介绍了两个以色列人：梅耶少将和齐宾中尉。这两人是专门追捕德国纳粹战犯的。梅耶说，他们怀疑陶格是一个潜逃的纳粹战犯，不过易了容，显得很年轻。他们追踪陶格已有一年多，陶格一直在潜逃，每年换一个地方。最近，他们想对陶格采取行动，可是他突然离开了本市。我把我发现的情况向两个以色列人作了介绍，并把名片给了梅耶。我们约定，要保持联系。

大约一个月之后，我接到丹麦一个叫达宝警官的长途电话，说在格陵兰雪地中发现两具身份不明的尸体，在他们身上只有一张我的名片。达宝还介绍了死者的长相。我一听，便知是梅耶和齐宾。刹那间，我思绪一片混乱。这两人到格陵兰去干什么？他们的死是否与陶格有关？想到这儿，我对达宝说，我马上就去那里。

到了格陵兰，我在达宝陪同下，乘机动雪橇到达出事现场。两个死者果然是梅耶和齐宾，两人赤身裸体，在齐宾身边的雪地上还留下“他们杀人”的字样。达宝要回去忙公务，我想再看看，便让他留下了机动雪橇。

我登上雪橇，向雪原腹地飞驰。突然，雪橇不知怎么翻了，我被埋入雪中，渐渐透不过气来。在即将死亡之时，我的脚陡然被一股大力一拉，我掉进了一间地下冰屋。我睁眼一看，认出是陶格一家人，原来他们躲到这儿来了。我谢谢他们救了我，并说：“我叫卫斯理，知道你们一直在躲避，但不知在躲避什么。如果我能帮忙，一定全力以赴。”陶格摇着头说：“你帮不上忙，我们不是这个时代的人，与现在这个时代隔了几万年。我们是通过逆转装置从主人——机器人那里逃出来的。”我问什么是“逆转装置”。陶格说：“这是一种令电子运行方向逆转的装置。电子逆转之后，物质的性质就会起变化。比如，水经过逆转之后，就变成了遇热结冰的水。”

我正要问怎么机器人变成了主人？忽有一束强光直射而下，束住了我的双手，将我提上去。那强光照到我脸上，我失去了知觉。等我醒来时，周围有一阵“嗡嗡”声，看到几十个20厘米上下的小机器人在我四周飞舞着。我心想，陶格一家躲避的就是这些小机器人吗？我可不怕它们。我看准一个，伸手一抓，想看看它们是什么性质的东西。但一碰到机器人，如同触了高压线一般，我一跤跌在地上。我吃了一次亏，改用脚踢，我用的力很大，估计至少可将机器人摔出10米开外。可是，一踢上去，小机器人纹丝不动，我却痛彻心扉，于是我想跑，但根本跑不过它们。我看出，它们的活力之强，显然在任何生物之上，我只得放弃和它们争持的念头。我对它们喊："带我去见你们的主人！"连喊几十遍，它们才用一束光把我罩住，几个机器人带着我飞了起来。不知过了多久，我被带入一间屋内。

在屋内，我见到一老者。我气愤地问："你是什么人？又是一个想统治地球的野心家？你让它们抓我来干什么？"老人苦笑起来，说出了令我极度震惊的一番话。他说，他不是这儿的主人，现今主宰世界的已不是人，而是电脑和机器人，这个恶果是人类自己种出来的。人发明电脑初期，电脑帮了人的大忙，慢慢地人越来越依赖于电脑。在核动力时代，核动力装置十分复杂，由人控制，电脑不足以构成对人的祸害。核动力时代结束后，到了太阳能时代，情况就不同了。一种极简单的装置，可以储存、利用无穷无尽的能源，这种能源设备不断改造，到了人无法控制的地步。人更加依赖电脑，而电脑的动力是永远可使用的太阳能，电脑在各处大规模地建立，能力越来越强，人类的全部知识输入了电脑，人在这时，完全不用动脑筋了，一切由电脑和机器人代替。人类以为这是真正幸福的时代，可是实际上，电脑已替代了人。

最后，由地球上一座最大的电脑得出了结论：人已经没用了。电脑的资料已经够了，它们可以自行发展，自行组合，自行决定，甚至可以利用电脑的信号指挥各式各样的机器人，去制造更好的电脑。人已经成了地球上的废物。于是，它们便毁灭了人类，用了一个最简单的方法，把地球上空气中的氧气，变成二氧化碳。就这样，消灭了人和一切生物。但是它们还保留了一部分人，将这些人弄进了密封的培养室中，按它们的意愿培养起来。现在主宰这个世界的，是电脑，是机器人，人不过是它们的玩具而已。有的人试图反抗，但岂是它们的对手。听你说，似乎陶格一家逃到了你们那个时代，但实际上这不过是机器人玩的把戏，让玩具活动的范围大一些，这样更好玩。它们始终控制着陶格一家，还弄死了和陶格一家有特别接触的人。

听到这儿，我方才明白，李持中、梅耶等人是被机器人杀害的，所以做得这样天衣无缝。我问老人："听陶格说有种逆转装置，可以突破时间的限制？"老人答："那当然。否则，我和你相隔几万年，怎能在一起对话？"

后来，我在老人暗示下，通过逆转装置，历尽艰险，逃回20世纪，回到自己家中。我对妻子白素讲述了可怕经历，白素沉默了半天，才叹了口气："每个人都是玩具，都是命运的玩具。"我呆了半晌：是啊，人，根本就是玩具。

《玩具》，太白文艺出版社，1997年5月，马义改编

大　厦

卫斯理

罗定遇到一件怪事：他到一幢大厦买套居室，这大厦刚建成。没一家住户，只有管理员陈毛一人。罗定乘电梯上楼，电梯一直往上升，开了好久好久才停住。他走出电梯往楼下一看，灰蒙蒙的什么也看不见，仿佛浮在半空中，这下把他吓坏了。他记不得怎样下了楼，离开大厦后就出了车祸。我是从警方听到这件事的，当时听了也没在意。

我的朋友小郭要买套房子，也到那大厦去看了一次，此后就失踪了。这时，我才想起了罗定的遭遇。我去找罗定，希望他能提供点情况，但罗定支支吾吾，不愿多讲。我怀疑罗定还有秘密，就在暗中监视他的行踪，一连四天，没有什么发现。第五天，我发觉罗

定到郊区的一个大庄园——觉非园去了一次。觉非园的主人叫王直义，也是那幢大厦的业主。我心想，罗定找大厦的业主干什么？

我化了装，约罗定晚上到一家咖啡室碰头。罗定赴约了，我从罗定口中套知，罗定收了王直义的钱，为他保守秘密。正谈到这儿，王直义闯入咖啡室，把罗定拉走了。

第二天，我准备与罗定正式见面，让他说出事实真相。不料，罗定也失踪了。正在这时，警方的杰克上校来电说，陈毛死了，是

摔死在那幢大厦的平台上，好像是从极高的地方摔下来的。我对杰克说，这幢大厦非常古怪，已有2人失踪，1人死亡，这些事情可能与大厦的主人王直义有关。杰克决定到“觉非园”，向王直义问个明白，但是扑了个空。王直义已出国，只留下一个仆人。

杰克率警察走了，我一人留在“觉非园”，希望能发现点儿线索。突然，我遭到那仆人的袭击，被他打昏了过去。等我醒来时，已躺在医院中，三天之后才回到家里。一日，有人来访，我一看，就是那个仆人。他自我介绍，他叫韩译，他的主人王直义，实际上是王季博士。我顿时想起，韩译是有名的青年数学家，王季更是世界闻名的科学家，这两人装扮成主仆，在搞什么名堂？韩译接着说，他们两人在进行一项惊人的实验，这实验绝对与犯罪无关，小郭失踪等事故，纯属意外。他对他给我造成的伤害表示极大歉意。我问：“你们进行的是什么实验？”韩译说，他们进行的实验需要极为庞大的资金，需要有人支持，支持人不让往外说，说完，韩译就走了。我见他被两个大汉挟持上了一辆汽车。

过了一天，有个黑社会的头子来见我，他拿出200万美元，劝我放弃对此事的调查，我拒绝了。

又过了一天，王直义找上门来，他要我别管这件事。我说，我的朋友小郭和罗定失踪，还有陈毛摔死，难道都算了吗？王直义沉吟了一下说：“如果让你见郭先生，你去不去？”我说：“当然去。”于是他让我跟他走。我们乘车来到那幢大厦。王直义说：“郭先生可能就在22楼，你可以上去找他，但我不能保证你回来。你不上去也行，只是今后别管这事了。”我知道他是在逼我，我冷笑一声，毅然进入了电梯。

电梯往上升。我用小刀卸下了三块电梯壁的铝板，里面是极复杂的电路。我心想，电梯根本用不着这么复杂的东西，那么这是干什么用的呢？电梯开了好长时间终于停了，我走出电梯，看到神情惊恐的小郭和罗定。

我问："你们怎么到这里来的？"小郭说："那天我离开这幢大厦，汽车被撞了，我昏了过去，醒后就一直在这里。"罗定说："我进入大厦遇到怪事之后，王直义找到我，给我10万元，让我别往外多说。后来我又去要钱，王直义怪我太贪。他说，他在进行一项划时代的实验，可使人进入另一空间，快要成功了。在最后一次我向他要钱之后，就被弄到了这里。"他们还说，试图下楼，但根本找不到下楼的楼梯。陈毛由于受不了这种折磨，就从阳台上跳了下去。

我问："这些日子，你们靠什么生活？"小郭说："我们到了这里，不觉得饿，也感觉不到冷和热，好像到了另一个世界。"

我心想，这另一个世界，实际上是另一个空间，他们是被王直义送进来的。但他的技术尚未成熟，只能将人送来，却无法将人弄回去。这部电梯是复杂无比的机器，能把时间变慢，所以乘在里边，会感到开了很长时间。按照爱因斯坦相对论原理，如果时间变慢，所有的一切都按比例伸展。假如时间慢了10倍，大厦的高度就会提高10倍。我们乘此电梯就进入了另一空间——四度空间。

但现在怎样回到原来的世界去呢？我想了好久，突然从陈毛摔死在大厦平台上的事情中得到启发：快速下降能突破两个空间的界限。我对小郭和罗定讲了我的想法，决定冒险一试。我们三人一起动手，卸下一扇门，门下面绑好一只浴缸和三只洗脸池。我站在门上，他们把门往下一推，我落到了大厦的平台上，总算没受伤。我终于成功了，从那个时间变慢了的空间，回到了正常的空间中。

王直义见到了我，简直惊呆了："你解决了我无法解决的问题。"我说："是的，我还知道了不少东西。"王直义说："现在对你已无秘密可言。"他带我去看了电梯里的设备。我问："把人送到另一空间，都是这里控制的？"他点了点头。

我离开大厦，赶紧找了三顶降落伞和三块100千克的铅块，运到大厦，上了电梯，用同样的方法，使小郭和罗定回到了正常的世界。在降落过程中，有一块铅块落到电梯机房的顶上，引起了熊熊大火。我们离开大厦时，烈火已无法扑救，王直义从此下落不明。

《大厦》，太白文艺出版社，1997年5月，马义改编

神奇望远镜

魏树韬

钦吉斯是个思维活跃的孩子。不久前，爸爸把一架收藏多年的双筒望远镜送给了他，并对他说："几十年前，老船长在美国南部海域航行，被大雾包住了。这时，一个长鼻子的小矮人从一个发光体里钻出来，送给老船长这架望远镜。老船长就是用它把船领出了大雾包围圈。后来老船长退休了，把它送给了我。"

从此，钦吉斯一有空，就站在阳台上用望远镜观察天空、星群，顺便还看看周围的阳台。他发现，在一家阳台上，有个男孩儿一坐就是几小时。他很纳闷：这男孩儿不感到枯燥吗？于是，他经常观察这男孩儿。一次，他正在观察那男孩儿时，忽然听见一个清晰的声音："我真想要一本《明赫卡乌金奇遇记》。"

钦吉斯四下打量，没有发现一个人。他仔细考虑了一下，认为可能是那架望远镜在作怪。"或许它能透视人的思维？"他想。为证实自己的想法，钦吉斯找出自己的一本《明赫卡乌金奇遇记》，去找那家阳台上的男孩儿。到了那户人家，得知男孩儿叫铁木耳，他双腿有病，所以不能下楼。钦吉斯说："你是否要看这本书？"铁木耳见到朝思暮想的《明赫卡乌金奇遇记》，十分高兴，同时又非常惊奇："你怎么知道我的想法？"

钦吉斯告诉铁木耳，他有一架望远镜，大概能透视人的思维，是它把铁木耳的想法说了出来。铁木耳听后感到非常惊讶，表示想看看这架神奇的望远镜。可是，当钦吉斯回家取望远镜时，不小心把它摔了一下，望远镜就失去了它神奇的功能了。

这架望远镜为什么能透视人的心灵？那小矮人是来自什么文明区域？这望远镜是太空文明还是海洋文明的结晶？成了孩子们热衷争论的不解之谜。

《少年科学》，1997年第2期，庄秀福改编

怪　客

魏雅华

夜晚，全家在纳凉。居委会主任陪着两个人来找我姥爷何致运。其中一人是姥爷的弟弟二姥爷，新中国成立前是国民党兵工厂技术处副处长。临解放给裹挟到台湾，现在退休了。他比姥爷小12岁，已 75岁了。随他一起从台湾来的是他大儿子，我叫他二爷，不到50岁，是个电脑专家。两兄弟见面，又哭又笑，说不完的话。二姥爷他们带了礼物送给姥爷、我爷爷、我奶奶、我爸、我妈、我妹，就没我的。堂兄说我叫小倒毛，我爷爷、妈说我爱倒茬子逆反思维，比如，为什么人不拿鼻子吃饭……二爷说我跟他小时候一样，称赞我有思想、有个性，说待我长大送我去美国留学。还说回台湾后送个娃娃头给我，我以为是雪糕，可二爷说这是特殊的娃娃电脑，我高兴得一夜没睡好。7天后，他们要走了，全家送到机场，难分难舍。

10天后，果然收到提货单。二爷寄了台外形像娃娃头的电脑给我，接通电源荧光屏显出“小倒毛，你好”一行字，还说它也叫小倒毛。口气好大，简直是挑衅，要跟我决斗。我扳动激光枪扳机，荧光屏上枣红字和小倒毛都被掀翻在地。它说我犯规耍赖，停机24小时。熬过24小时，有了信号，我们握手言和。我把它胳膊、腿、躯干装起来，我们又比枪法，从拔枪到完成测定时间我平均0.56秒，它均为0.1秒，我服了。我带它见了全家，它很有礼貌。它会做作业、做饭、洗衣、跳舞……侍候姥爷，全家都喜欢它，但又感到它就是锋芒太露。二爷又来电话询问电脑好吗？他告诉我，它是他花一生心血设计研制的。我们说太满意了，就是它有点争胜好强。

一天，我妈手疼得掉眼泪，当大夫的爸也没办法，小机器人插嘴说出病因，为妈针灸还真有效呢！原来它夜夜在书房看书。

早上，奶奶叫：“出事啦！”姥爷胳膊和腿被绑住，机器人要为他作颅脑探查手术。全家扑上去阻止，一场混战，我们都躺在地上，它的胳膊也挣脱了。全家准备关门打它。第二天，二爷又来电话了。我姥爷告诉他：电脑出毛病了。二爷说：“怪我忘了，昨天是黑色的星期五，电脑病毒使电脑瘫痪或发疯……”在二爷指导下，我们采取了诱导办法，谈话后，小机器人歉疚，悔恨而大哭。它要求我接上发音器官电路。还说：“这场病使我懂得，我比单个的人强大，对整个人类是渺小的，应当正确认识自我。我的信息量与人脑信息量相差几百亿倍呢！我可以作为人脑的补充和延长，不能去取代人脑。”

电脑发病第3天，二爷寄来免疫磁盘和短信。我为它拧紧最后一颗螺丝钉，可它还是摔倒了，左臂左腿偏瘫，它不会哭，也不会说话了。第一个大哭的是小妹，二爷在电话里说：“机器人和人一样，不可以没有免疫系统，送回来修好再给你。”

送它到机场那天，全家去送行，都哭了，我的心也飞走了。

《怪客》，新蕾出版社，1997年6月，赵滁先改编

撒豆成兵

魏雅华

早上，总编给我一个采访一次“撒豆成兵”的演习任务。

我不解地问：“是撒把豆子出去就成了兵？演戏？变魔术？”总编听了我的发问大笑，他不作解释，只是给我一张特别通行证。

我的同学、年轻的女工程师高翔在楼下接我。我们到了空军基地，在指挥部里见到军区陈司令员、空九军李毅副军长等首长。他

们欢迎我参加演习并提意见。此时的我还是不信“撒豆成兵”。

司令员悄悄说：“我连豆子都不要，手指头一指就会冒出千军万马来！”我说：“你骗我，你早把部队埋伏好了！”

李副军长和高翔请我上了一架直升机。在高空中，陈司令员介绍说：“北临淳水，南靠秦岭，多好的战场！”我通过望远镜仔细观察地面，确实没有地面部队。

演习开始。轰炸机、炸弹把地面炸成火海，重炮怒吼，火箭、坦克……司令员摊开巴掌，吹了口气，喊我：“看好！”我在直升机上朝地面一看，瞬间冒出一个团的部队，他又吹口气，冒出两支装甲部队向渡口发动猛攻，战场形势急转直下。我佩服，真是撒豆成兵。不过还是没看清是哪儿来的？

我感到冷，司令员让高翔拿出一身厚厚的绿色飞行服，像有海绵夹层，他们都穿这衣服，穿上立刻暖和。司令员要我站在舱门口，让高翔指给我看部队从哪儿来的。司令员给她使了个眼色，舱门突然打开，高翔从背后猛地一推我，喊声：“下去。”我一头栽下飞机。完了！我会粉身碎骨的。我一直往下栽，身体轻飘飘的，随后听到高翔的声音：“别害怕，胆小鬼！”她一直在我身边，和我说话，就是看不见她。我觉得轻飘飘，真有腾云驾雾的味儿。下面西安古城如此之美，我成了神仙。

着陆后，高翔给我解释说：奥妙就在飞行服里，它是降落伞。飞机淘汰了翅膀，火车扔掉了轮子，降落伞把大伞化成无数小伞。这飞行服上几千亿个小孔在下降时，可以自动开合，靠风的力量滑翔。人体坠落时的能量非常巨大，能加以利用。设计服装时，在补布上采用超导体材料做成经线，这样损耗减小到零，而功率提高数万倍。于是，奇迹出现了，光线在飞行服上打滑并拐弯了，一个强大的引力场使光线发生弯曲，于是，人不见了。这就是隐形伞的秘密。引力场周围产生一股湍流，能产生强大的阻力，使人体失去重量，飘浮空中。坦克也可使用这种隐形伞投掷下去。

正说着，高翔身上步话机传来司令员声音："要好好教育他（指我），让他知道，没有幻想就没有爱因斯坦、牛顿……没有幻想，社会主义、共产主义都不会有。"

我面红耳赤。

《怪客》，新蕾出版社，1997年6月，赵滁先改编

万兽之王

魏雅华

我的舅舅是生物学家，在中国科学院生物研究所工作。去年，他考察时，捉了好些野生动物。我硬要只小梅花鹿。他说：明年期末考试总评95分以上，送我一件比梅花鹿还好的礼物。这次期末考试总评96.5分，我好高兴，立即写信给舅舅。5天后终于盼到了回信，舅舅说7月20日来我家，礼物是万兽之王。是什么呢？老虎？那该多好呵！

舅舅终于来了。好不容易等他吃完饭，他才拧开箱子角上的一只螺帽，钢管口儿爬出一只棕色的蚂蚁，唉，就是只蚂蚁！但仔细一看，它个儿不大不小，圆头细腰，长长身子，头上一对触角不停地挥舞，行动出奇灵活。舅舅说："这是热带蚂蚁，很厉害，又叫劫蚁，我叫它'万兽之王'。"我说舅舅骗人，他却说："要有老虎、狮子，就可和劫蚁斗一斗！"对了！我家有条大狼狗——虎崽儿，就与它比试比试吧。虎崽儿进来用鼻头在地上乱嗅，蚂蚁极敏捷地爬进了狗鼻。狗惨叫一声，在院里打滚，鼻子朝墙上蹭，然后狂吼着冲出院子。我和舅舅在后面追，逼到墙角，舅舅掏出一支毛笔，一只塑料小瓶，喷点药水，伸进狗鼻，蚂蚁出来了，狗鼻孔里

肿起一个大包。

我不服气，让它和大公鸡斗，公鸡重5千克呢！舅舅放出5个蚂蚁，公鸡一出来就叼了一个蚂蚁，蚂蚁兵分两路爬上鸡冠。我刚要欢呼，公鸡惨叫一声，满地打滚乱跳，鸡冠被咬得像马蜂窝。可我却不服，有本事跟我斗。舅舅放出10只来，我一巴掌拍死5只。舅舅说："御驾亲征了。"

我用药棉堵了耳朵、鼻子，一队蚂蚁出来，我一脚踩死一只，不料，一只钻进裤筒，3只爬上另一只脚，左腿立刻针刺般疼痛，周身像有千百根刺在乱扎，我忙叫："救救我！"

舅舅用塑料瓶喷了几下，蚂蚁撤退，我身上大片红斑渗出鲜血，又痛又痒。舅舅说："箱子里一块冻胶状多孔泡沫塑料里，栖息的蚂蚁有100多万只呢！它们有纪律，社会结构严密，有蚁王、蚁后……分工明确，咬头咬脚，老虎雄狮都逃不掉，巨蟒会被啃得只剩残骸……"

第二天，舅舅去了一趟村部。2天后，村长命令全村男女老少，连家禽牲畜都撤离，路口禁止通行。舅舅和我身上都喷洒药水，这样蚂蚁就不会咬我们了。舅舅说："我的蚂蚁要在这个村来个百团大战。"

舅舅打开箱子，地上黑压压一片蚂蚁，都像有组织的方队，直奔目标。老鼠的惨叫声，蛆、孑孓、白蚁……都被咬死吃掉。舅舅喷了些药水，蚂蚁列队班师回朝。他说："我发号施令全靠药水这股味儿。"

天黑，人们回来，笑语满村。乡亲们带了礼物，感谢舅舅为他们消灭鼠虫……舅舅说："害虫还会繁衍，要让蚂蚁分窝安家。"舅舅真的送给我一件好礼物。

《怪客》，新蕾出版社，1997年6月，赵滁先改编

不速之客

魏雅华

世上怕再没比我更苦命的了。中学时男生给我写情书，我撕碎了交老师。大学时要我演话剧我不干。大学毕业后我当中学教师，和宇宙航行研究所的工程师结婚，有个漂亮活泼的儿子，太幸福了。我27岁那年，丈夫乘坐的飞船在飞往木星过程中被流星群击毁，和我永别了，我哭干了眼泪。儿子成了唯一希望，他5岁那年被中毒性肺炎夺走了生命。我进精神病院17个月。痊愈了的我继续教书爱学生。我竭力忘掉隐痛。同事朋友劝我，才40岁，再找一个。北京工作的妹妹来信给我介绍她的同事、副研究员柴柯。他未婚原因是全身伤疤，但他粗犷、豪放，学识渊博，是最完美的男子之一。妹妹第二封信说柴柯最近出差路过，让他带东西来见个面。晚上，有人敲门，柴柯来了。

他脸黑黝黝，眼睛闪闪发光，伸手接茶杯时，手上一道道酱紫色伤疤，像弯弯曲曲的蚯蚓……他的脸和手一个样！为他做饭时，他帮我切菜，炒菜还真在行呢！他还带了酒，烤鸭……真像一家人。如不是伤疤一定是很英俊的！

他忽然说："你一定很想知道我的伤疤是怎么来的？公元2030年，我大学毕业分配到热带植物研究所工作。研究所从印度尼西亚买进一批植物种子和树苗，我帮着送进仓库。在地上捡到一粒长着毛茸茸短刺的种子，它大概是沾在麻袋上免费搭乘越境偷渡的不速之客。我把它种进了花盆。2个月后，又把它移种到植物园人迹罕至的垃圾坑内。因为接受新的研究课题，也就把它忘了。2033年夏天我在植物园里信步走着，在人迹罕至的角落里看到一棵有浓郁香气不知名的树。枝条叶片上细细的绒毛照亮了记忆，它是我亲手种

的——不速之客。我伸手想折枝闻闻。不知怎的，只感到无数枝条向我扑来，像绳索一样捆绑了我，把我举起的臂膀和头捆在一起（不然会被勒死），双腿也被五花大绑，挣扎叫喊没人听见。更可怕的是它沁出的液体螫得脸、手、皮肤火辣辣疼。我知道这是吃人的植物酶在腐蚀我的肌体。我越嘶喊挣扎就捆得更结实，像无数根针刺在扎，终于失去了知觉。午夜，我被守植物园的狗发现后，被人送到医院。幸喜内脏器官没损伤。等我出院，可怕的树枝条被砍光了，其实是我不了解它的脾性，怎能怪它呢。后查阅资料知道它叫奠柏，来自印尼爪哇群岛。我重新护理它并研究终于取得成果，从树的木质中，提取比黄金还宝贵的药物——强化阿尔托立平，它有强大杀癌威力，因此我获得自然科学国家重大发明创造奖一等奖。揭去纱布，未婚妻见我全身伤疤，离开了我，从此我成了孤独的魂，科学成了我的一切。"

他告辞了。我打开妹妹带给我的礼物，天哪，原来是奶瓶。我流着欢喜、甜蜜的泪进入梦乡。

《怪客》，新蕾出版社，1997年6月，赵潞先改编

风流草

闻　舞

首都植物园是一个如诗如画的植物世界。张薇打开贵宾室门，发现窗台上几盆美人蕉依然红绿怡人，茶几上两盆珍贵花草——风流草丢失一盆、毁掉一盆。风流草是一种稀有的草本植物，能随着乐声跳舞。

公安局刑侦处罗处长接到报案，亲临失盗现场，未发现蛛丝马迹。花匠吕师傅、小青年小李、姑娘张薇，都不像作案人。植物园科研处赵小明，要求与罗处长单独谈谈。他拿出大学时的论文《植物心理初探》，说植物有感情，提出让两盆美人蕉参与识别作案人。

罗处长接受了赵小明的意见，用他发明的电磁示波仪与几盆美人蕉相连，用来对嫌疑人进行检测。第一个接受检测的是吕师傅，

他虽然紧张，但是电磁示波仪显示的曲线却很有规则。第二个是小李，他虽然有些不安，然而电磁示波仪显示的曲线也很平静。第3个是姑娘张薇，当她一进门时，电磁示波仪的曲线骤然动荡起来。

赵小明对美人蕉显示出来的特殊语言进行了翻译：“就是她，残害了我们的伙伴。”

在美人蕉的帮助下，案件水落石出。原来张薇的男朋友为了考验她对爱情是否忠诚，让她去偷盗植物园中的风流草。她偷了一盆，在搬动第二盆时，心一慌，花盆翻倒在地。美人蕉把一切都记忆下来，在赵小明的电磁示波仪上显示了出来，使案件很快得到侦破。

《科学之友》，1997年第8期，方人改编

生命的辉光圈

闻　舞

20多岁的萍姑娘，在三四年前，突然全身麻痹，只有一双手还能挪动。进行性肌肉萎缩的绝症，吞噬了她的躯体；精神上的哀伤，吞噬着她的心灵。大学里山盟海誓的男友严忠，这位医学硕士也不来看望她了。

支持萍姑娘活下来的力量，是她心爱的绘画艺术。她拼命创作，身体每况愈下，但是作品却越来越精妙。她开始思考怎么样以最美丽动人的方式接受死亡。

一天，她久违的男友严忠来了。原来，严忠一直在研究生命辉光。他研制了一台人体辉光反馈机，这次来请萍姑娘做试验。她同意了，严忠把她送到医院试验室。

一台新奇的人体辉光反馈机，在高频电流作用下，人体的腑

脏、骨骼、经络的辉光，都能清晰地反映在屏幕上。萍姑娘躺在治疗台上，屏幕上出现她生命的辉光。她的辉光同健康人不一样。她同意进行治疗。电脑紧张地进行运算，辉光展示了殊死的搏斗。

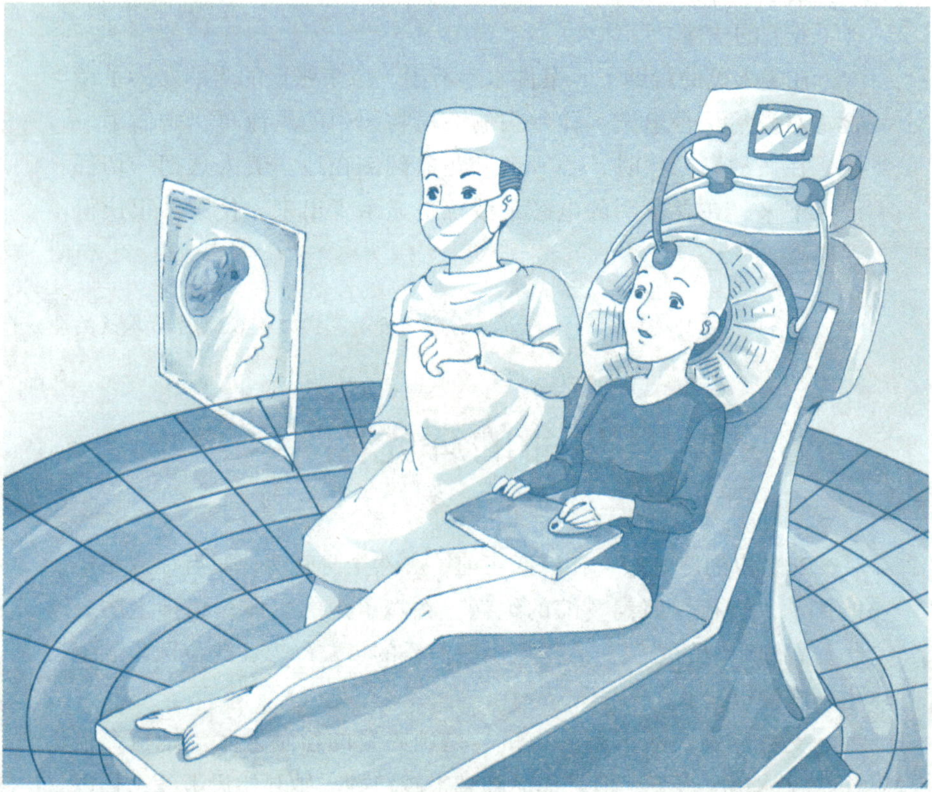

好久，胜负不分。萍姑娘将生死置之度外，她以惊人的勇气和智慧，面对眼前的一切。严忠用鼠标箭头，在小脑中找到病源部位，他的手不停地颤动。萍姑娘挣扎着强坐起来，说道："让我自己来。"一只精细、艺术的手，精确地将光点调到被病魔占据的位置上，一下、两下……一股强烈的电击感，从小脑传遍全身。

从此，萍姑娘恢复了健康，恢复了活力。严忠的人体辉光反馈机得到改进，也完成了论文。

科学与艺术，青春与爱情，交织出一幅生命的辉光圈。

《科学之友》，1997年第11期，方人改编

《钢窟》的故事

吴定柏

公元50世纪，宇宙航行已四通八达，许多星球建立了人和机器人共存的太空社会。地球人口已经超过80亿，人们生活在钢窟般的城市里，生活条件依据社会等级的高低而不同，机器人随时可以取代人的工作，一批复古主义者主张返回农业社会，反对开拓太空。

纽约市警察局局长恩贝德是复古主义组织的中坚分子。他带领机器人萨米进入太空城，在预备会见机器人制造专家萨顿博士时，命令萨米用穿越郊野的传递射枪杀死萨顿制成的机器人丹尼尔。因为萨顿的长相和机器人丹尼尔完全一样，结果被误杀。恩贝德当时一紧张，失手将眼镜打碎，以后又返回纽约将萨米杀死灭口。

恩贝德在太空城作案后，太空城警方派出萨顿精制的机器人丹尼尔到纽约和五级便衣警官贝利合作破案。太空城警告，如查出凶手贝利可以升职，查不到则降职或失业。贝利不愿和机器人合作，但对方坚持，贝利只得接受。

机器人丹尼尔被萨顿制作得跟一般人一样。本来萨顿担心地球人会对太空构成威胁，只是想让丹尼尔来了解情况，恩贝德一伙坚决反对，于是就出现了这场太空城惊案。贝利与丹尼尔经过一段时间的合作，悟出了想必是纽约的复古主义者怕萨顿成功而枪杀了他。贝利向恩贝德提出去太空城调查，恩贝德无法阻止。在太空城

警察局局长福斯朵夫博士帮助下，贝利进一步弄清丹尼尔和萨顿的关系。福斯朵夫告诉贝利，思贝德是杀害萨顿的凶手。

贝利和丹尼尔返回纽约后，从华盛顿请来格利格尔博士协助测试，证明丹尼尔不会杀人，它的射线枪是支从未充电的空枪。他还认真核查了丹尼尔复制的太空城谋杀现场的胶卷，终于确定凶手正是局长思贝德。

当罪证正式向思贝德公布时，留在门槽里闪亮的眼镜碎片成了无可抵赖的物证，因为太空城里没有一个戴眼镜的。局长在铁证面前不得不低头认罪。贝利告诉他，太空人无意惩罚他，而是希望他说服更多地球人去开拓太空，建立人和机器人共处的文明社会。

《神秘的召唤》，新蕾出版社，1997年7月，周肖改编

秘密时间之路

吴　岩

下起了大雪。放学后，我走过二马路的大转盘，白雪随着旋风转到眼前。我什么也看不见，一阵恶心头昏，眼前金星闪耀。当我恢复过来，发现到了另一个地方。行人惊奇地看我穿着20世纪90年代的登山服。用了一天时间我才知道自己走进了一条秘密时间通道，从1994年跨进了2058年9月16日。

记者们围着采访我，一个名叫达雅的瘦高个姑娘，呼着我的名字——“甘祥”，为我解了围。达雅是位16岁的大学生，曾在图书馆读到我们城里的报纸缩微胶片，所以知道1994年9月有个叫甘祥的小伙子失踪了10天。她安慰我10天后肯定能回到上一世纪，表示要陪我参观，度过这10天。这时，达雅接到一个电话通知，她的好朋友在喜马拉雅山被人用“甘祥”的名义劫走了。我们立刻飞往西

藏，一下飞机就被人劫到一个寺院，一个汉族男人要我帮他找到秘密时间通道，不说就别想走。他把我们关到地下室，我们进入一个写着IM的房间，房内有许多书籍和资料，有一本是H.G.威尔斯写的《时间机器》。一份标题为《中学生甘祥神秘失踪》的复印件使我惊呆了，日期是1994年9月16日。

在地下深处我们读了一天材料，知道这里是一个秘密的时间旅行研究组织，时间旅行是英国作家H.G.威尔斯想出来的。只要开动一个机器，你便可跳出这个世界，经神秘通道到另一时间中。但这机器和通道一直没被人发现。这里的狂热信徒，看到报上刊登的我的事，便与绑架达雅的朋友来找我。在另一间房里，我们找到被绑架的同学凤琦。我们在一起想办法，怎样才能回到拉萨。达雅会气功，她用心灵通信通知了拉萨公安局。公安局马上来人，抓获了时间绑架团伙，一共5人。他们搞设计图和模型，是想到3000年未来社会去旅游。本来科学研究是件好事，可他们这么做却破坏了其他人的生活。

我们又回到城市，引起了轰动，我被邀在大会上讲昨天的生活。

我们来到计算机咨询中心，据计算机打出的报告，我2001年结婚，妻子叫郁莹（我没听说过），生有一女孩，有一个外孙女。外孙女的孩子今年15岁，在芭蕾舞学校已学习4年了。我独自在计算机前想问："我是否还活着？是否还有另一个80多岁的甘祥？他在哪？"可屏幕长时间空白，熄火了，停止了工作。

中午，我们去芭蕾舞学校，见到了外孙女的男孩。他在排演节目，还讲舞校生活，怎么排练，怎么休息。我们都很激动。

我们回到住处，庆贺愉快的8天。明天我得回去了。我感谢达雅和凤琦，他们要求我回去不要提绑架的事，别打消人们追求未来的热情。半夜醒来，我独自走到咨询中心计算机屏幕边，又输进了我的提问。突然白光一闪，轰隆一声，我失去了知觉。醒来，我已躺在二马路口的人行道上。我又回到了1994年。

《马思协探案》，四川少年儿童出版社，1997年7月，赵滌先改编

着魔的左手

吴　岩

课堂里一声尖叫，差点把数学老师吓出心脏病。只见六年级五班的危小燕整个身体靠在椅背上，双手高举，她的邻座总想搞点花样的胖子李圆亨趴在桌上，用铅笔在小燕本子上乱画。

数学老师让李圆亨停下笔，可李圆亨说停不住。全班同学暗笑。可这是真的，他的笔已经超出本子画得满桌都是，还画到了数学老师的衬衫上。

左撇子手画不停的事传开了。医院的大夫对李圆亨进行了检查，发现他左臂不受大脑控制，停不下来。钢笔尖弯了好几个，圆珠笔画一会儿就没油了，他所画的圆圈、线条、三角形正好组成了一些新颖的交通工具。

天哪，这孩子是个天才的设计师吗？

他出名了。

他的胳膊酸得要命。有时手也会停下来，但又会突然动起来。他成了全世界关注的对象，记者、科学家、看热闹的都想跟他说话，要他画东西留纪念。

4个星期后，科学家得出结论：他的手是被60光年之外某些外星人支配的！他是外星人和地球人联系的特体，必须严格保护，立刻送往北京。

临行前一天，怕李圆亨晕机，小城医院的大夫给他吃了两片抗晕药。15分钟后，他的左手忽然停止了作画，笔也扔掉了。他睡了

一整天，醒来后一点也画不出了。于是，大队人马悻悻而去，还把那个给药的大夫送进了公安局。

他不再是名人，又回学校上课了。李圆亨和邻座危小燕的关系密切起来。一天他们到郊外玩，小燕说："你一直想当名人，怎么又不当了？""打死我也不干了，一有名就过不上正常生活，屁股后面跟着150个科学家、200个记者和看热闹的，连多吃一勺果酱，都要让全世界知道。"圆亨回答。为小燕今天生日，李圆亨左手又着魔似的画起来。不到10分钟，他停下来了。他已偷偷学会控制自己的左手，想什么时候画就什么时候画。两片抗晕药其实没什么作用，他还是外星人的特使。小燕拿着满是圈圈点点的生日画仔细看着……

400年后，地球上的科学家才完全读懂这图上画的是什么，原来是一艘能穿过太阳的宇宙飞船的设计图。

《马思协探案》，四川少年儿童出版社，1997年7月，赵滁先改编

陨石袭击“马王堆”

吴　岩

凌晨3点1刻，大地轻微震动了一下，一块300克的陨石击中“马王堆”太空城，把太空城的玻璃罩砸出一个洞。为了抢修，直径1800米的反光镜改变角度对准太阳，太空城里光明无限。

林桐龙第一次到太空中的“马王堆”宇宙岛，就觉得小岛景色迷人，有种与茫茫宇宙抗衡的精神，就爱上了它。开发宇宙，太空移民，是冒险的事业。几十年前，专家们对空中城市建设展开争论：是否安全？能抵御强烈辐射吗？能逃避流星袭击吗？终于，赞成派战胜了反对派意见，幻想走向现实。太空城建设速度惊人，工人们把月球上开采的矿物制成桁架和桴条，用特殊的黏合剂粘接，铺上拱形玻璃板，完美的宇宙天宫出现了。1万名地球居民成为第一批宇宙公民。

林桐龙正好那时初中毕业，他成了太空迷，很少把时间用在一般知识学习上，因此没有考上大学。太空探险的强烈欲望使他来到“马王堆”移民岛，成了一名空间城的抢险队员。

陨石震响后，30秒钟内，林桐龙和同伴们带上压缩喷气筒和安全面罩。他想起反对派的警告，“空间城将成为人类的太空坟场、

太空停尸床”。现在流星果然击中了太空城，太空城中的空气正在从玻璃洞中失散。太空居民生存在自给自足的生态系统，植物、水禽……一切离不开空气。时间紧迫，林桐龙和伙伴们按洞的形状迅速割出一块应急玻璃板，开动喷气筒，把玻璃推向孔洞，喷雾胶把玻璃板粘在破口上，仅9分钟，抢险队员补好洞口，挽救了全城居民的生命。市民们拥抱着抢险勇士。

生活在“马王堆”太空城的居民多么自豪啊！

《马思协探案》，四川少年儿童出版社，1997年7月，赵滁先改编

心理王国历险

吴　岩

王久明是四年级学生，希望当一名侦探。

一天，他睡着了。迷迷糊糊，仿佛在地震废墟中。他想停车场中肯定有地下通道，看到地面上有一幅图和两行字，王久明揣摩了一通，按动两个按钮，扑通一下，他和塔塔曼一起陷进了甘布里公司的地下洞穴。

洞穴里又黑又潮湿，王久明不耐烦了，塔塔曼鼓励他不要辜负大侦探吉塞匹尤的期望，一定要查清布洛依尔女儿案件。爬行了约20分钟，在一个圆形小室中发现一个十二三岁的傻瓜似的女孩。他们用催眠术使女孩醒了过来，原来她和王久明一样是被骗到甘布里公司的逃学旅游者——乔小桦。

这时塔塔曼说他完成了吉塞匹尤给他的救援王久明的任务，并为他找到了侦探伙伴，就告别王久明走了。

甘布里公司的老板布洛依尔在地下迷宫中修建了一些房间，专门对付智力极高的人，门前都有题目，必须回答正确才能通过。王

久明和乔小桦通过了七道智力大门，通过了“七颗心”机器人设立的防线，又经历了几次危险之后，在一个密室中救出了被布洛依尔逼迫卖命的科学家艾宾浩斯博士。博士答应帮助他俩打入地下宫殿中心。

他们继续前进，进入了一间满是烟雾的屋内。博士发现这是“七彩屋”，门是一次性的，进来就出不去，他们感到悲苦焦虑。王久明摸索着，突然发现一个电钮，按了一下，房间里的色彩由紫色变棕色，他们感到又渴又饿；再按一下电钮，房间里变成红色，这时3人互相埋怨，甚至打了起来，无意中碰了电钮，房间里又成了绿色，大家平静了下来。原来这七彩屋是根据颜色心理制成的，红色使他们成为敌人，绿色使他们平静，产生希望。

博士要求睡两小时，因为他5天未睡了，睡觉做个梦有助于找到出路。两小时后他们3人偷偷进入甘布里公司的中央地下大厅。大厅由两个执勤班守卫，根据人的睡眠心理特征，执勤班分成白天、黑夜两个班看护布洛依尔的女儿。

博士通过改换电脑程序，打乱了守卫的值班次序，趁着混乱，王久明和小桦先进入地宫中心，找到了布洛依尔漂亮的傻女儿。他们拿出吉塞匹尤的仪器输进女孩的大脑中，又通过音乐声，使女孩变得活泼聪明起来了。

这时，布洛依尔抓住了博士，正在用测谎仪审问他。测谎仪肯定王久明和乔小桦在大厅中。

布洛依尔赶到地宫中心，见到了王久明和小桦，他说：“你们私闯我的宫殿，惩罚你们永远不许出去，陪我女儿。”

王久明指责布洛依尔，是他不让女儿上学，不让她活动交朋友，与世隔绝，她这才变成了傻子，但是现在她已聪明了。布洛依尔不信，和两个孩子扭打起来。两个孩子终究敌不过一个大人，被他抓了起来。

布洛依尔下令杀掉乔小桦。王久明挣脱了束缚，保护小桦，并大叫“放开我”。

“放开我！”王久明使劲蹬着被子，嚷着。妈妈进来，“久明、久明，该上学了！”原来他做了一个侦探旅行的梦。

《马思协探案》，四川少年儿童出版社，1997年7月，赵滁先改编

马思协探案

吴　岩

第一案："老子"幽灵汽车

退休老警察马思协接下"幽灵"汽车的卷宗。卷宗上讲，这汽车是从香港强行闯入深圳市，在警察堵截时，汽车突然"化作一股青烟消失了"。这车仿佛是幽灵，无人驾驶，闯来闯去，有时还隐形。此后在全国各地出现27个类似案件，持续时间达1年零11个月。卷宗中有一张被人无意中拍的照片，马思协用放大镜仔细观察，发现这辆车是无人驾驶全电脑控制的，座位上有本老子写的《道德经》。马思协与老朋友——香港的房顺理先生通话，肯定了自己的想法：房先生的那辆最先进的汽车偷偷解开了《道德经》中的秘密，从中学会了使用宇宙中能量的办法，使自己神秘地产生和消失。

幽灵车再度出现时，即被警方缉捕，强大的信息流打乱了车内电脑的正常运行，车失去了正常控制。警察撬开了车的外壳，中止了电脑程序的运行。

马思协没有参加当天的缉捕，他正陪着房顺理先生聊天。马思协觉得现代科学是一个发展的复杂的知识系统的总称。奇怪的是几千年前的哲学家老子是怎么知道这一切的。

第二案：太空聊斋

柯林定老先生是驰名中外的蒲松龄研究专家。他死后，在他的贮藏室里，人们发现了一些奇怪什物，其中有一个铜环，把它扔向墙脚立即消失了，却出现在墙的另一面……穿墙术！人们认为这些收藏物与《聊斋志异》有关。

警察迅速封锁了柯先生的旧宅，科学院派出专家来此进行研究。一天，刑侦科长陪马思协来到老先生故居，见到一位博士生姑娘正在为收藏物编号，并输进电子计算机中。姑娘说藏品中有一根奇怪的细绳坚韧无比，可直立空中，已试过是真的。

刑侦科长对马思协说，无线电波作为一种能量可以穿墙，铜环也可以改变形状作为一种能量穿过墙去。马思协认为这话有道理，相信科学家会找出答案。刑侦科长说："这些怪物在地球上从未有过，又弄不清其原理，铜环也许是外星人传递信息的物件，长绳可能是登上飞船的梯子。我想改行，去收集外星球的神秘什物，会对地球上的科技起推动作用，兴许会像蒲松龄那样见到活着的外星人呢！"马思协觉得这话新奇，有意义，便支持他改行。

第三案：神秘的电影院

马思协醒来时，发现自己躺在两头没挡板的柜子里。他挪动身子一看，大吃一惊，柜子的每个格子里都躺着人，怕有500多个呢。他想起来了……他曾接到一封奇怪的信，上面有"紫光电影院——安达大街18号"几个字。他来到这里，细心观察了3天，眼见观众进去，可没人出来。难道他们失踪了？虽然马思协是退休警察，但习惯使他进了电影院。电影院是无人管理的，他悄悄借门帘挡住身体。放映厅里放着关于另一星球的科幻片，渐渐地，放映厅里有一股淡淡的香气，观众们不知不觉都沉睡了。马思协刚想退出，被一记猛击打昏了……

现在马思协从格子里爬出来，看到一辆自动车满载着从放映厅抬来的人，两只机械手把他们塞进空格中。他来到环形走廊，看到的照片像是在其他星球上拍摄的。他又来到一个绿荧荧的房间，中间有一个圆形玻璃柱，亮出各种颜色，并出现了人形，人形直呼马思协的名字，并提醒他立即回到格中。在马思协一连串提问下，圆柱人答道："银河外有个仙奴星系，1908年这个星系336号飞船光顾地球时坠落，500名仙奴星人无法离开地球。他们被迫改变自己的外形，混迹于人类中生儿育女。他们的人数现已超过5万。今天，他们的救援飞船来了，飞船变成电影院、商店等，向仙奴星后代发了信，接他们回去。”马思协也是仙奴星人的后代，圆柱人要他去仙奴星。马思协表示，地球上有他奋斗的一生，他不想回去，圆柱人说：“无权强迫。”

马思协旋风般地来到街道上，整座电影院腾空而起。孩子们大叫：“飞碟！”马思协向飞碟挥手。他打定主意，把这秘密埋在心里：“让孩子们去猜吧，也许有一天，他们会飞向我的仙奴星。”

第四案：那面怪镜子

6月里，博物馆里好几夜有巨大响声，像西瓜爆裂，又像炸弹轰鸣。有人看到蓝色闪光，但展品及建筑物完好无损。马思协在记者报道的照片中，发现不少展品位置有移动，是谁干的？他要亲自去调查。

第二天，在将近下班的时候，马思协出现在博物馆的各个展厅，并扔下一些黑色的小豆豆。当天深夜，他在电视机上接了个小盒子，原来扔进展厅中的小豆豆是微型电视摄像机。通过摄像机，他看到珍宝馆进口处大镜子正熠熠闪亮，爬出一个有很多触手的软体生物，触手开始研究“文物”了。再看镜子，里面充满了星星，这是通向太空的秘密门啊！他正想报警，脑海中有声音阻止他，并说：“我们离地球很远很远，是用秘密门进行星际旅行的，这门在你们看来是面镜子，它一开启，一瞬间就跨跃上百光年距离到达另一星球。你们的智力水平和科学技术没法抓到我们。睡吧！明天你会知道博物馆里没发生什么事。我要继续研究，因为人类是创造高度文明的伟大民族。”

第二天很晚马思协才醒来，他什么也想不起来。和外星人接触的人都无法记清他们的经历。也许外星人认为这样对谁都更安全些。人类的大脑还太年轻，要好多年后才能面对宇宙的神秘和广阔。

第五案：命运水晶球

马思协读着电线杆上的各种广告……“想预测未来吗？请摸命运水晶球！百摸百准！”他向来不信这些玩意儿。但这次动了好奇心。他按广告上的地址，找到了一片废墟，感到受了愚弄。这时出现了个瘦瘦的女孩子，说自己是水晶球的主人。她用手指指天空，突然出现一个巨大的水晶球，球上的大嘴猛地张开仿佛要把他吞掉。他昏了过去。

马思协醒了，发现在一间圆的房里，四壁闪光，中间悬着拳头大的小水晶球。女孩自己先摸了一下水晶球，随着一声巨响，少女、少妇、老人、女孩的脸在球上水一样地流动变化。女孩介绍：“这叫时间透镜，能看到四维世界的折光，难道你不想知道自己的未来？”

马思协说：“不，我活了一辈子，很充实，多亏不知自己命运，我努力工作，创造美好生活。如早知这一切，我会侥幸、懒惰，坐等生活赐予我……勤奋的地球人会用自己双手创造一切，而你的水晶球帮不上这个忙。”

《马思协探案》，四川少年儿童出版社，1997年7月，赵潞先改编

第二张面孔

吴　岩

门铃声和着狂风暴雨，给人一种紧张感。我打开门，一个披黑色橡胶雨衣、戴墨镜和大口罩的人，不等请就闪了进来。我挤住他不让进，他说：“别怕，我只待几分钟。”

他走进客厅，不脱雨衣，不摘口罩，就坐在沙发上。他摘下雨帽，露出一头金黄色的头发。“您是写科幻小说的？把地球人改扮成外星人的小说是您写的？我想告诉您，您的幻想将会实现。”

我不明白他的意思，告诉他，我写的都是不存在的事。

他忙说：“您的大胆设想——使不同种族的人相互转化已初步实现。”

我终于明白了他的意思，有些希望离开自己土地到更高生活水平的种族与国度中去的人，想借助先进的生物工程技术，脱离本民族的特征。我告诉他我帮不上忙，我只是个作家。

他说：“这种技术已经存在了。”边说边摘下眼镜、口罩，他竟是个金头发、蓝眼珠、高鼻梁，眼窝深陷的欧洲男子。他接着说：“半月前我是北京一个生化企业中的技师，黑发、黑眼睛的中国人，可现在是欧洲人了。外观改变，其他一切和原来一模一样。人的骨骼成形后不能重新变化。但肌肉、脂肪及其他软组织厚度与分布可以改变。如加厚额部细胞层数，眼窝就自然下陷；眼睛颜色的改变只和眼底色素的成分有关。口服一定的药物，会更改这些成分，而人不感到痛苦。”

我相信这些技术90%是科学尖端成果。我想他一定是第一个试验品，一定是被无数次劝诱、威逼，他无法逃脱那些“科学家”们的利用。

但他的回答出乎我的意料，他说：“我是15000个争当试验品中第一个被选中的，是个幸运儿，签订了法律文书，一切意外他们概不负责；还交纳了5万元手术费，这是便宜的。”他边说边站起来：“我要去公安局和大使馆，声明是国外旅游者，丢失了护照，我会得到补发，然后我将移居国外……”

他消失在雨雾里。这不速之客勾起了我的遐想，难道为移居国外，就冒着可能毁掉生命，可能成为丑八怪的危险去行动吗？

我想一切都需要认真地思考。

《马思协探案》，四川少年儿童出版社，1997年7月，赵滁先改编

超时空魔幻丛林

吴　岩

爸爸去火车站接表妹小华。突然他满头大汗跑回来，说小华去闯魔幻丛林了，他没能挡住。大家惊呆了！这么任性，什么都敢闯！大约2小时后，小华回来了，可9岁的她，在丛林里仅待了2小时15分，竟衰老了70岁，成了小华“奶奶”。

科学家们半夜到达，为昏睡中的表妹做了检查，诊断出哮喘等老年性综合征……妈妈求大夫救救她。一个胖伯伯问起魔幻丛林的情况，爸爸说这魔幻丛林方圆不到2000米，这是村里传的老话，多少代没人敢进去。

在爸爸带领下，科学家们在丛林边缘，用仪器探上探下。回来后又讨论又写，什么时间陷阱、四维空间、相对论，我全听不懂！

这时，小华发生抽搐，专家们进行抢救。记者们问这问那，老伯伯说：“地球表面有许多奇怪的地方，如百慕大三角区总有轮船和飞机失事，在美国有怪谷……这里是超时空丛林。丛林内部的时空序列与我们不同，是紊乱的，人进去受影响，会变老或变年轻。”

一名记者说：“小华变老了，也许另一个进去，可以变得年轻？”老伯伯缓缓地说：“你提示了我，我该让孩子重新退回森林，沿原路走回。”

第二天，一群人到了丛林边上。因小华行走不便，坐在特制的轮椅上，椅上还装有一台有嗅觉的电脑，可循着小华昨天留下的气味，按原路带入丛林，方向与昨天相反。老伯伯叮嘱小华：“千万别离开座椅，直到它开出丛林，它能帮你返老还童。”

小华坐轮椅进去了，每人都捏了一把汗。2小时30分，超过她第一次漫游丛林的时间了，小华还没出来。2小时43分20秒，一个小姑娘奔跑出来，所有人蜂拥而上。还是那个瘦瘦的梳一条粗黑辫子大眼睛的小华，只是看起来比原先矮了一截。妈妈抱着问她：“怎么半天才出来？”她说：“我去逮蝴蝶了！”这讨厌的任性！幸好她离开轮椅时已临近林子边缘，要不也许拐入另一条时间路线，变成一个婴儿，爬也爬不出来了。

从此，我们小村庄成了世界游览的名胜。小华表妹成了轰动世界的名人。但再没有人被允许进入这片小小的丛林。它的原理至今不清。我们仍然称它为“魔幻丛林”。

《马思协探案》，四川少年儿童出版社，1997年7月，赵淼先改编

白　痴

吴　岩

通俗故事作家告诉我："我的邻居是一对结婚5年的年轻夫妇，天天吵架。家里有间长年上锁的房间，门上有个仅能伸进一只手的小孔，房间窗户和我卧室相邻，常发出恶臭。一天，邻居的妻子不堪被打，来向我求助。我找了警察，打开那扇门，室内有张婴儿床，床上床下满是粪尿、发霉的食物和肮脏的被褥，床上光身躺着个看上去才两三岁的男孩，是他们的孩子。那男的是个变态，孩子出生两年就被关进小屋，从孔洞中递些食物进去，迄今已3年。男的犯了虐待儿童罪。现在那孩子和我一起生活。医生治愈了他的软骨病，但智力没起色，谁能帮我？我不能作白痴的父亲。"

我是智力研究所专门对儿童进行考试和挑选的，想起心理学家都研究过智力落后儿童。我想试试，便告诉他，我愿帮助。

我看到孩子的脸盘很大，瘪嘴，双眼像葡萄，又弱小又呆滞，不像5岁孩子。我微笑着招呼他，叫他的名字"免毅"，但他没反应。我问："今年几岁？""5岁。"我让他照样搭积木，两岁孩子都会的，他却不会搭。我又拿一把巧克力给他一块。他吃完了还要，吃完又要。我说没了，他面无表情地说："有，5。"我口袋中正是5块，他是怎么知道的？真奇怪。我问："7棵大树，每棵有7只鸟，共有多少只鸟？"他立即答："49。"奇迹！这是小学生才会做的题目。

电视台和报社记者来采访我，电视台还播了孩子的计算录像。但有人说这并不稀奇。中国和外国都有智力低的儿童，但在某个项目上却有惊人能力的"低能儿"。有封来信提醒我注意孩子的手，说计算时他的手做奇怪的动作。我反复看了录像，果然，孩子在计算时做屈指、伸指、握拳手势。他是从哪儿学来的？我的女朋友提示我，孩子是先做手势才知道计算结果的。双手捏东西就计算不出。女朋友请教了专家。专家说："人手上有58块骨头，16个关节，数不清的肌肉。一只手的动作能达200亿种，应付加减乘除绰绰有余。"

我沉思，历史上白痴能手一次次出现，就说明人的大脑中本身就具有用手势计算的能力！我们的祖先为生存需要，早就发明了手势计算法，但随着社会发展，这种计算法逐渐被忘却。只在特殊情况下，才会激发出"白痴计算的能手"。

通俗故事作家怀疑我的伟大发现是否有价值？他认为把这一切写了小说也没人看。可我认为，计算机操作浪费时间，手势计算操作简单，2+2=4，一共要按4个键，可手势计算在几毫秒内就能完成。虽然手势计算法激发必须在两岁以内完成，但我们可以学会它。

《马思协探案》，四川少年儿童出版社，1997年7月，赵滌先改编

水晶人

吴　岩

"横力"号是一艘原子能动力考察船。它从上海港来南极进行生物科学考察，甲板上一群青年在听70多岁著名生物学家尉迟教授讲述南极风光。突然宋小青惊呼："冰山上有人！"大家朝冰山望去，果然有一黑色人影。于是，在尉迟教授建议下，船长决定实地考察，组成由尉迟教授任组长兼顾问的4人考察小组，他们分头坐上蛙式扑翼机飞到冰山上。在冰山上发现一个"水晶人"。宋小青在"水晶人"跟前摄影。大家仔细观察，看到"水晶人"脸容清癯、嘴唇紫红、眼睛微闭，是个中国人。他是被封闭在一个周围有

空间的冰洞里。教授决定把“水晶人”和冰洞一起从冰山上剥离，吊运到“横力”号上。

“横力”号在南极冰山的奇遇很快传播开了，中国科学院迅即派了一个科研小组，飞来南极一起进行研究。他们发现冰洞里温度是-200℃，冰洞壁上敷有一层“F≠S”塑料。这划时代的材料引起尉迟教授沉思，在100多年前为保持-200℃超低温不变，经科学家长期研究后，终于在50多年前，两名欧洲“生物学家”设计制造了“F≠S”塑料，才解决保持超低温的难题。因而彼洛夫斯基和诺尔特获国际化学奖。

他们领奖后，突然美籍华裔科学家叶吾师声明，这项发明完全是他弟弟叶汝师进行的，但现在他失踪了。在这以后，发明权属谁争执不下。不料一个月后，叶吾师被汽车撞死，舆论界认为他是被谋害的。尉迟教授回想往事，凝视着水晶人。突然他想到“水晶人”会与叶汝师有关吗？产生了让“水晶人”复活的念头！他立即向世界生命研究委员会提议，争取世界科学家合作。世界生命研究会批准议案，并派著名科学家协助进行“水晶人”复活的试验。

检验证明：“水晶人”肌体、器官位置尚好，心脏还在缓慢收缩，科学家的讨论结果是水晶人没有死。没有死的原因有不同看法，但不影响“复活”实验。试验开始，破坏“F≠S”塑料。接着晨报报道“水晶人”已苏醒。

第二天，“水晶人”早餐时，尉迟教授来访，当知道“水晶人”是叶汝师时，教授一愣。在介绍了“横力”冰山奇遇后，水晶人激动地说：“叶吾师是我哥。我俩出生于台湾，读书成绩优异，被送美国洛杉矶大学。毕业后，哥哥留美哈佛大学任教，我回国到科学院工作。我用全部积蓄和稿费，经无数次研究，终于研究出耐寒绝热塑料的分子设计。”尉迟教授抽出“F≠S”塑料模型，叶汝师说：“是，我没公开成果，仅写信告诉哥哥。不久，自称哥哥同事的彼洛夫斯基和诺尔特来找我去南极私人实验室。在冰山试验成功，准备回国时，详细记载资料的记录本不见了。他们提醒去冰洞找，但没找到记录本，我返身时即失去知觉……是谁干的？记录本在谁那里？”尉迟教授说：“正是他俩人。”“横力”号返回，尉迟教授和叶汝师将在会上揭露他们的罪行。

《马思协探案》，四川少年儿童出版社，1997年7月，赵滁先改编

空难即将发生

肖　诗

飞往纽约的一架飞机，从檀香山机场起飞后，机场接到一个恐吓电话，说刚起飞的飞机里有一枚特殊炸弹，炸弹定时器自动工作，一旦飞机降到2000米高度，就会自动爆炸。因为这装置靠增压控制，随气压变化而工作。

机长接到机场通报惊呆了。当时，飞机在10000米高空飞行，既然飞到2000米高度时会爆炸，怎么着陆呢？机长把旅客中的一位心理学博士请到驾驶室，商量对策。他们决定，马上检查旅客行李，到万不得已才向旅客宣布这一不幸消息。

查遍了机舱和所有旅客行李，没有发现炸弹。机上的油料越来越少，机长思绪万千，他想起了自己的宝贝女儿。每次旅行回家，女儿总要他讲述空中奇遇，而女儿总要对他谈南极企鹅、高原牦牛，现在却要和女儿告别了。心理学家安慰机长，使机长冷静了下来。蓦然，女儿讲到的南极、高原，在机长脑海中连续出现。机长感到一个无限的平面在升高，在高原形成一个平台……他想起来了，墨西哥国际机场位于海拔高度2200米的高原上，于是他把飞机平安地降落在这个高原机场上。

事后，经过检查，发现了这枚特殊炸弹。这次之所以能安全着陆，是机长明白了一个简单道理：既然飞机降到海拔2000米高度会爆炸，那么选择一个高于海拔2000米的机场着陆，就会化险为夷。

《科学之友》，1997年第10期，方人改编

1000万佣金

邢大勇

为了一个1000万元的合约，我跟吴为相识了，还像孙子似地听这个不知天高地厚的东西使唤。

我到吴为家，他要我见识见识他的伟大发明。那个1000万元合约的中心内容便是他的发明。不用吴为介绍，我立刻发现那个东西，有两套相同的仪器摆在屋里对称的两个角上，它们由许多不同的仪器器械组成。

吴为给我介绍了物质的基本粒子，生命定义及他的能量传输器。我为了那1000万佣金，故意吹捧他，吴为更加得意，说生命只是能量在基本粒子上的有条件、有顺序的积累。他这套仪器便是为了证明他的论点，能把生命转化成能量，进行传输。说罢，他拿起电话，揿动按键，并要我接仪器另一端的电话。在这只话筒中传出了吴为的声音，要我按他说的去做。我不知道这些仪器的底细，我不想用自己的生命做实验。吴为说，生命最初是闪电、紫外线等能量积累在基本粒子上。事已至此，我只能豁出去了，我按他的吩咐，按下红色按钮。

就在我按下按键时，吴为身上笼罩起一层蓝光，他的身躯变得虚幻透明，转眼，吴为消失了。这套仪器的两个莲蓬头之间开始闪出一片蓝光，蓝光形成一个透明的人物，他就是吴为，还冲着我

笑。我的手在发抖，这不是人，是魔鬼！蓝影逐渐变得充实，影子越来越真实，最后蓝光消失了，吴为就站在我面前。真令人难以置信，我不知道这是怎么回事？

吴为心花怒放，我知道他的试验成功了，他果然能转换成能量，又由能量转换变成人。他在兴奋之余，比划着给我介绍他发明的仪器的核心——中心计算机和解码器。他还说，这蓝色的光是由一个稳压电源输出，经中心计算机处理，进入人体，破坏了平衡，向其他形式转换，并以电能形式存在的能量和基本粒子通过电话线路传输，再通过组合密码，进行第二次能量转换，把人重新组合起来。

吴为的话使我冷静下来，我应该集中精力考虑下一步行动。现在我明白了，为什么有人会对吴为的发明感兴趣，竟肯出1000万元代价。1000万元的秘密我已完全知晓，接下来是如何让这场戏收场。我想出了个“请君入瓮”的计谋。

我提出给吴为拍照，留下些珍贵镜头，好载入史册。吴为点头称是，我麻利地取出照相机，为吴为选镜头，我要他再表演一次他的神奇发明，拍出能量转化时的神奇景象。吴为又一次站在莲蓬头之间，身体又一次变成蓝色，并化成一股青烟被吸进莲蓬头。我又按下红色按钮，蓝光消失了吴为也消失了。

这时，我拿起电话，报告了我的合约已经完成，吴为在这个世界消失了，仪器完好无损。对方称赞我“不愧为第一流杀手”，说1000万元佣金明天就会进入我的银行户头。

“1000万！1000万！”话筒里出现了回声，我骇然后退两步，难道是吴为？不，他永远地消失了，他的那份能量和基本粒子还在电话线路上。他到底是死，还是活？话筒里的尖啸声还在继续，我扯断了电话线，一个声音在我耳边回响：“1000万！1000万！”

《科幻世界》，1997年第5期，方人改编

命殒天涯

星　河

宇宙发生了动荡，扰乱了我们宁静的生活。一伙以计算机形态存在的智能体意欲图谋整个宇宙。他们绝非我们的对手，但我们不能坐视其他智慧体的毁灭，于是我们成立了宇宙救援队，去救助那些将遭受奴役的智慧体。我入队时元老们叮嘱，我的力量足以对抗灰色世界，但要战胜狡诈的敌手太难太难。果然被他们言中，我两次丧失性命，都是死于友军射来的暗箭。幸亏我有3条命。当我第二次醒来时，看到了她，我们都很高兴有伴儿了。她告诉我，这里原本是大学，灰色入侵者在这里建立了基地。她有两把叫“枪”的东西，给我一把，说这是对付灰色计算机的有效武器。

我们的目标是逃离这个地方。准备先到灰机总部，干掉主控制台，毁掉力场网罩，然后逃亡。我们在通道里行进，突然窜出一架小型计算机，我举枪就打，它应声倒地，这样惊动了基地，它们马上下达搜捕令。我们飞速奔跑。

我突然想起第一次参加征战时，在一颗暗绿色星球上，聚集着无数块绿莹莹冷光的结晶体，它们遭到“灰色大块”入侵，我毫不犹豫加入到它们行列中。当它们气力不支时，我不惜消耗奉献自己的能量给它们。一次，我相信了一块结晶体的话，奉献了全部能量给它，我的身躯渐渐变得冰冷僵硬，一抹幽绿的血色越来越浓地涌进那结晶体的体腔，然而它朝远方灰色计算机发射的信息令我震惊：“他已被我们剥夺了所有能量，听凭您的发落。”“咔嚓”一声，我丢了一条命。

当我的能量重新聚集恢复意识时，我化悲痛为力量，再次投入到与灰机的斗争中去。我来到一颗星球，它上面的智能体是由植物发展进化的，这种植物体只能在母体附近做有限的摆动，对付灰机有更多困难。我自愿把能量挤压出来输入它们体内，直到有一天我体内再也没有流淌的浆液了，只剩下干枯的尸身。我想获得自由的植物体一定已拿起了武器，可我得到的信息是：巨大的“灰影”下碾压着无数大小的粉球，“灰影”许诺给它们以自由，它们就放弃了抵抗。“咔嚓”一声，我又丢了一条命。

我把思绪拉回来，回到现实中。我和她继续在甬道中前进，遇到有3个方位的固定式小型计算机袭击，我一枪让它闭嘴，它的编号是888。见我没把它打烂，她说：“如果给它留条活路，你会后悔

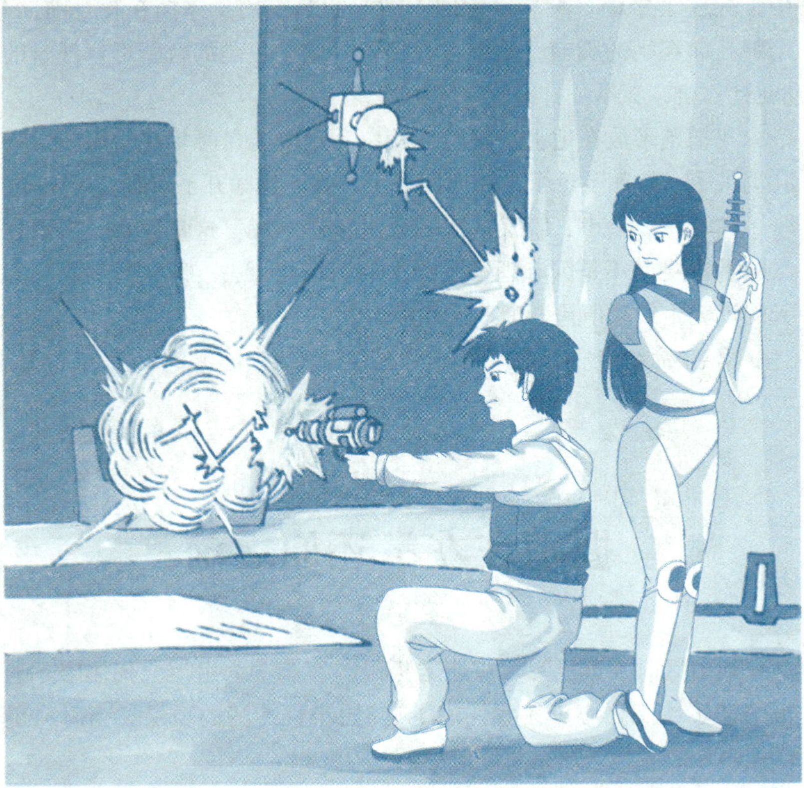

的，它早晚还会打你。”接近总部时，从被抓的计算机信息中了解到主控制台有主、副两台机。假如我收拾掉那台主机，那么这批灰色的家伙将彻底完蛋，至少3万年内不可能再度发动进攻，但自己的危险系数超过0.93。而如果我袭击那台副机，危险系数只有0.24不过50年后它们将卷土重来，我接受了她的意见：“当一个人连自己都不爱，又怎么谈得上爱别人呢？当时间允许思考时，就不应该仅根据本能决定言行，生命只有一次。”于是我打掉了副机。

她曾经向我描述春天是如何如何美妙，在消灭副机之后，我急忙跟她朝外走，急于要去看春天。我看到了小草和花儿沉浸在欣喜中，失去了警惕。突然她惊叫：“小心！”用身体挡在我身前，4个弹孔印在她的胸前，她倒在我怀里。凶手正是那台新近修补过的888计算机，我举枪打得它粉碎稀烂。

我把她平放在地上，把最后赖以为生的能量凝集在她周围。弹孔消失了，鲜血不见了，体温回复了，终于她睁开了双眼。

“咔嚓”一声，我又一次归于沉寂的虚无。这是我第一次因耗尽能量本身而不是因心理承受能力的坍塌而死去。但我仿佛看到春天的勃勃生气。但是渐渐地这些都模糊了……

第3条命结束。

《握别在左拳还原之前》，海洋出版社，1997年6月，赵滁先改编

握别在左拳还原之前

星　河

到山区时，天已黑。旅店老板以“客满”为由拒绝我住店。老板娘动了恻隐之心，让我住进了这3层小楼冷清的顶层，当时二层已住满旅游者，一层是舞厅。

1小时前，一位少妇进入隔壁空屋。我在门缝里看到她跪在地上，左手掌中有粒宝石般的红点，一声长叹，红点开始长大，如一个血红的气球慢慢吹起；她的身体逐渐枯萎干瘪如泥，气球蹦跳两下，仿佛向窗外行礼致敬，同时放射出耀眼光芒。我感到浑身灼麻，没有胆量看完她的全部行动。

舞厅里正举行告别晚会，没人注意我的失魂落魄。一位白衣素裙的小姐，两道迷人的目光注视着我。我刚想邀她共舞，那手掌有红点的少妇现身门口。她兴高采烈地对大家说：“晚会高潮时，门外会出现奇异景象，你们可不要惊慌！”她还给一位绅士送去媚眼。我的脸惨白，被旁边一位胖女士发现，她要我别惊讶，一会儿顶多来个飞碟模型。这时我也知道了，那外星少妇刚才变形是在与接应的飞碟取得联系。在胖女士取饮料时，我瞥见她左手心里也有一个红点。我小心地溜到绅士身边，告诉他别跟人出去，那少妇是外星人。他无动于衷，点香烟时将左掌心的红点暴露在我眼前。原来这批游客都是外星来客。我对老板娘说：“您的小店已成外星人窝了。”她却说我是喝多了。哦，她左掌中也有红点。不用说，老板也是“气球”了。一位学者样的老人在我身边说：“这里的人善良，纯朴，就是不理解我们这些旅游者，不过总不至于惊恐万状或沮丧不堪吧？”老人左掌里也有红点，这回我平静地接受了它。我猜想那紧握左拳的迷人小姐掌心里一定也有红点。我想他们是某个星球上的旅游团，假期结束即将启程回家。这时粉红色的飞碟悄然滑过，厅内欢声一片。

绅士和少妇、小店老板夫妇、胖女士和老学者都站了起来。迷人小姐张开左拳，是一支小手枪，她让大家留步。我猜想，她大概是“地外文明特别调查局”的。少妇、绅士、店主夫妇轮番要求放行，但都遭拒绝。最后老学者说：“按地球的年龄计算我已84岁，即按我们的年龄我也近尾声，已难有几次变形了，原想留到故乡看一眼生养我的地方，现在我决定把老骨头留在这，也许能给你们做些研究，请高抬贵手放了我的同胞。”说完，老人左手掌中血点胀大，干瘪的肉躯越来越小，球体摊在地上，人形萎缩脱落。全场无不动容，唯她例外。

我责无旁贷地充当调解人，向小姐陈述利害关系，力量对比……迫使她勉强同意谈判，结果是允许运走老人遗骨，条件是我必须留下来。

撤离工作开始，他们出门前一一化作鲜红的气球，抬走了老人遗体，变形前都向我行地球上的告别礼——握手。我相信他们不会忘记有一个珍视友谊的地球人的。

送走了他们，我诚恳邀请她同舞。依她的脾气我自信已难生还，不过我死而无憾。对我的邀请，她不置可否，也许没听见，可答案还用说吗?

《握别在左拳还原之前》，海洋出版社，1997年6月，赵滁先改编

我活得还算潇洒

星　河

小时我就是一副市侩嘴脸，可至今没能成为出色的商人，仍是个倒腾股票的小投机贩。眼看着太阳系联邦经济衰败下去，我喟叹蹉跎。这一切都怨我爷爷，他生于2067年8月9日。这一天，一伙红头发绿皮肤，脸上长着一对大复眼的“萨格人”来函说，故乡恒星突然爆发，要求来冥王星栖身。人类一贯好客热情，太阳系联邦政府欣然应允。

大批萨格飞船飞到冥王星。廿年过去，他们不仅安家落户，还发展经济，冥王星开始人满为患。于是，他们又提出以黄金租借海王星。海王星偏僻荒凉，近年又海盗盛行难御，太阳系当然同意。萨格人在海王星内部开采出了黄金，除支付租金外还投放市场，使黄金价格暴跌，联邦政府吃了哑巴亏。我爷爷他们担心长此以往萨格人会吃掉太阳系，主张应对他们加以遏制。不过当时令联邦政府最头痛的是被判无数次死刑的太空海盗，他们专劫联邦飞船，政府对其无可奈何。萨格飞船武器先进，他们与海盗和平共处。太阳系人感到备受侮辱。我父亲认为要加强太阳系的军事实力，只要千百亿居民同仇敌忾，最终势必将萨格人逐出太阳系去。

其实以我看萨格人是采取了潜移默化达到同化、改造的渗入政策。例如太阳系年满18周岁的居民都持有电子选民卡，可参与管理重大事务，但人们对此卡不重视。可萨格人却要阴谋，使75%以上选民卡落到萨格人手中，天王星从此沦为萨格人的永远保护地。

父辈寄希望于我，可我关注的是炒股投机。地球上政局不稳，经济疲软，海盗猖獗，我抛出股票兑成现金飞往土星。萨格人在此开设的“土星公司”——其实也是驻土星的权力机构，也发行股票。为赚钱，我承诺决不与萨格人利益相冲突，并宣称谁管理无所谓，这样我很快享有萨格区域的最惠政策，从“土星公司”得了不少优先股。为此事爷爷和父亲与我断绝关系，人们骂我。“太阳阵线”激进成员李黎明多次约见我，实际上是要威胁我。我感到时机未成熟，因此一拖再拖。但是那天他不请自到。我们经过研究，制订了一个搞垮“土星公司”的计划。

我在交易所大厅卖掉所有萨格股票。因我是头号大股商，人们见我抛萨格股票，便潮水般扑向柜台跟着抛，股价往下跌。土星公司董事长闻讯赶来，打我一巴掌，说：“谁告诉你我们的剿匪行动失败了？”萨格新闻社立即报道“已彻底击溃海盗”，抛出的股票全被一个叫吉恩艾埃姆艾埃勒艾埃勒的萨格人买进，股价即将回升。

股东大会应持有65%强股票的先生要求，召开了公开身份是《太阳系新闻》驻土星系记者的“太阳阵线”成员艾迪小姐主持的直播盛会。黎明走到台上，他的萨格语十分流利，他说他就是买进大部分萨格股票的人，名叫吉恩艾埃姆艾埃勒艾埃勒……大厅里静极了。董事长兼首席长官问：“你就是吉恩……”“正是在下。”这就是说，持有公司半数以上股票的黎明已成为新的董事长。台下的萨格人气昏了，骂黎明是骗子，说他无权改名。黎明说：“我永远是太阳系人，根据萨格户籍管理法，我有权改用萨格姓名……”前任董事长诅咒我们的阴谋不会得逞，我上台揪住他，同时撩开外衣露出腰际炸药。艾迪小姐自己摔坏摄像机，并抄起话筒解说：“萨格人打掉摄像机，还要抢话筒。”

既然萨格人动了武，那么联邦军队便师出有名了。过不了多久，由我父亲带领的军队就会进驻土星。其实我腰间的炸药全是假的。我们挟持着“长官”出了大会会场，飞驰在半路，遇到赶来的太阳系部队，“长官”让我重击一拳后，被士兵带走了。

太阳系联邦政府任命我为土星的总督，我以健康问题和学识有限等理由谢绝了，由黎明出任总督。联邦政府拨款稳住了股价，公司起死回生，成为“黎明——星河太阳系股份有限公司”。目前我正积极网罗人才，争取让黎明30岁退休在总督位上养老。我要让我儿子独自继承“星河太阳系股份有限公司”。现在最令我担心的是儿子5岁了，却至今不懂经济，只爱看电视宣传剧。

《握别在左拳还原之前》，海洋出版社，1997年6月，赵滁先改编

星际勇士

星　河

彩石星系有5颗行星，但只有蓝玉星和紫晶星上存在着智慧生物，其实他们全都是由金属材料制成的机器人。

在一个偶然的机会里，蓝玉星和紫晶星的科学家在对彩石星系共同探测中，在另一颗白钻星上发现了祖先的遗物，为了争夺这些遗物，两星之间爆发了一次又一次的战争。

蓝风和紫雪分别为蓝玉星和紫晶星的主将，他俩厌恶战争，希望和平相处，友好相待。可是由于这两颗行星上的好战分子蓝电和紫光在国王面前煽风点火，经常制造摩擦，眼看着两星间惨无人道的残杀，蓝风和紫雪深感力不从心。

彩石星系的“太阳”——彩石星突然发生了剧烈活动，太阳“磁暴”以波的形式散射出来，机器战士们的“眼睛”被辐射损坏，金属身体被熔化，惨不忍睹。在这种情况下，两国国王只得下令停止战争，联合起来对付“磁暴”，国王成立了指挥部，并任命蓝风和紫雪共同指挥，他们采用电磁屏障和高速粒子流来阻挡和轰击彩石星。他们带领战士还排除了蓝电的种种阻挠，终于战胜了“磁暴”。

在蓝风的建议下，两星国王同意蓝风和紫雪联合去白钻星调查祖先的遗物。遗物为一个巨大的等边三角形石碑，每个角上都有一颗宝石，三角形中心有座火山，火山底部有个人造装置，实际是一艘碟式飞船。蓝电和紫光不甘心他们的失败，几次在暗中搞阴谋诡计，陷害蓝风和紫雪。紫雪的妹妹紫云为了救哥哥中了蓝电设下的陷阱，被蓝风误伤致死，于是紫光借机唆使紫雪与蓝风反目为仇与蓝风决斗。蓝风在决斗中，一方面向紫雪说明情况，一方面表示决不与紫雪互相残杀，并愿认错自毁。终于紫雪识破了紫光的阴谋，反戈一击，和蓝风携起了手，共同消灭了蓝电和紫光。

正当蓝风在帮助紫雪清理与医治被火弹炸伤的电子内脏时，不知不觉他俩正向彩石星逼近。说也奇怪他们竟没冲进彩石星，而是向着旁边一黑洞飞去，原来那黑洞与彩石星一起组成一对双星。蓝风和紫雪紧紧握着双手，被黑洞越吸越近，突然，一股引力使他们改变了方向，蓝风和紫雪徐徐地降落到一颗新的行星。这颗行星上竟布满了人工的痕迹——行星表面到处都是道路和建筑。许多建筑很像长城和金字塔。面对这一切，蓝风和紫雪惊讶万分。

紫雪和蓝风登上“长城”，发现“烽火台”上有一个暗门，穿过暗门通道，终于来到一间大厅，厅内机器人们像兵马俑一样排列成方阵，打开大厅墙上的一扇小门后，发现里面有各种电脑光盘，其中有张画有飞船的光盘。蓝风拿起光盘插入旁边的电脑里，屏幕上立刻显示出与在白钻星上所见的一模一样的飞船图像。

原来，人类的飞船电脑在白钻星上被复制成许多机器人，其中一支发现了这颗小行星，并降落到这里。这些机器人重新安装出的新电脑开始潜心研究，希望发现离开彩石星系的方法。所有机器人都把自己的能量贡献给了新电脑，于是电脑用这些能量把小行星改装成一艘飞船。因为没有燃料了，所以眼看着小行星向黑洞慢慢飞去。

蓝风和紫雪根据资料的指引，找到了天然燃料，并将它装入小行星，于是小行星从原来轨道上弹射了出来并转向，摆脱了黑洞的引力，终于离开了彩石星。

蓝风和紫雪驾驶着飞船飞向蓝玉星和紫晶星。

真相搞清了，战争结束了，和平降临了，人民安居乐业的生活开始了。

为了纪念不幸牺牲的紫云姑娘，两星人民把太空站造成了她的形象，希望她永远保卫和平。

《少年科学神探威威》，新蕾出版社，1997年6月，李新改编

从天而降

星　河

我是外星考察员。客居异乡着实不易，单在地球上的伪装就是个大问题。尽管我们用世界高水平的生物化学技术合成的人类身体惟妙惟肖，实战前受训良久，我又是高材生，从举止到装束与地球人已无区别。可不知为什么，从事业余研究的科学迷“黑框眼镜”怀疑我是外星人，已1年有余。

登机前我才摆脱他，但飞机一晃时，我蓦地发现一束恶毒的眼光在盯着我。我在人群中搜索时，却又倏然消失。肯定是“黑框眼镜”雇佣拙劣的侦探接替他的任务，我心中产生不安全感。果然，紧接着机组保安人员出现了，机长要大家接受检查，理由是：根据一妇女来电话，她丈夫昨晚在梦中反复说要炸毁自己乘坐的飞机，今晨临行前神色有异。于是她思前想后，终于报告机场保安部门。因电话中断，不知她先生的姓名。除去女士免检外，其他人要接受原子射线机检查。乘客在骚动一阵之后，还是逐个接受检查。原子射线能穿透人体肌肉骨骼，还能细微查实人体各部分原子组成。我身上没危险品，但我与人类迥然不同的内部组成，在原子射线机下会原形毕露。

不久前人类科学家刚研究出一种低烈度液体炸药，能治疗各种堵塞血管的血栓。一些极端分子，用同样原理把炸药注入人体，只要调整浓度，炸药就会在顷刻间爆炸！“黑框眼镜”看来是雇佣了这样一枚活炸弹。先下手为强，我必须实施自救。

为逃避检查，我失声惊叫：“炸药就在他身上。”那家伙暴跳如雷，矢口否认。我十分肯定地说在他身上有炸药，并出示了伪造的“特别调查局”的证件，那人说：“我身上搜不着可要搜你了！”我嘴上说："不在你身上就搜我。"心里却感到发冷。保安人员迅速利落，照射结束，他体内没有炸药。他微笑地看着我说："该检查这个人了！"我蓦地清醒自己是掉进了圈套。他们的目的是要让我赤身裸体暴露在原子射线机下。冷汗从背上移到面孔。我是外交官，有外交豁免权，但他们却把我逼到自觉受检的地步。他们说检查一下也无妨。我在退却中思考：我有足够的能力杀死所有乘员，然后孤身驾机潜逃，但我能忍心这样做吗？身份绝对不能暴露，我们的秘密比生命更重要。我只能选择剩下的一种方式——跳出飞机。我在身体接触原子线之前一刹那用激光束击穿机舱窗玻璃，冲出窗

外。乘客们什么也没有看清，此举令人震惊，但还不足以暴露我的身份。

落地的一瞬间，我身上的自燃装置将把我烧成灰烬。其实“黑框眼镜”如果没对我怀疑的话，他是挺聪明可爱的。

再见了，我所热爱的地球他乡！再见了，人类同胞！

《握别在左拳还原之前》，海洋出版社，1997年6月，赵滁先改编

“哈雷号”飞船上的悲剧

星　河

在发现“蓝色地衣”之前，“哈雷号”本是一艘相当平静的飞船。可现在，它遇到了麻烦。

“现在大家都很清楚我们所面临的困境。”这是柯罗船长在说话：“第一，由于校准仪出了故障，使我们在接近地球之前无法与宇航中心取得联系；第二，戈顿博士研究发现，从Ⅷ3109A上采集到的藻类植物——‘蓝色地衣’是喜氧型生物，它的耗氧量竟是我们4人耗氧量的2倍。”

“哈雷号”此行目的是观测哈雷彗星，飞船在距哈雷彗星最近时发射数枚探测器，已获得了大量的实物和照片，应该说这次飞行任务已完成了，但现在的问题是在严重的缺氧情况下如何返回地球？于是在柯罗船长、乔治·贝克、戈顿医生和太空生物学家欧文之间展开了一场激烈的争论与斗争。

柯罗是位典型的人道主义者，他熟练驾驶过各种飞船，可算做半个天文学家。他认为飞船上的条件无法维持“蓝色地衣”的生存，因为“蓝色地衣”一昼夜消耗的氧气足够4个人使用50小时。回家的时间还须40天，尽管现在已动用了备用氧，但仍不够4名船

员和“蓝色地衣”1个多月的需要，所以他认为必须立即停止向“蓝色地衣”供氧。

乔治·贝克认为发现“蓝色地衣”是人类与外星生物的第一次接触，“蓝色地衣”具有的价值难以估量，因此他建议用抽签决定4人中哪个去死，贝克从来主张科学为人类服务。他想服用氰化物来自杀，遭柯罗船长制止，同时借助于机械手将乔治·贝克固定在舱壁上以防止他轻举妄动。

戈顿是位太空医生，这次随行目的是为了测试人体对太空的各种生理反应，他认为不是科学造福于人类，而是人类无条件服从科

学。如果说为了科学，贝克不惜自戕的话，那么为了表面上看起来有同样目的戈顿则敢于杀人。戈顿企图关闭氧气，使柯罗船长窒息而死，幸亏被船长及时发现，才免于遇难。在欧文的帮助下，船长将戈顿捆绑在贝克身旁，待回到地球后交司法机关处置。

太空生物学家欧文在实验室工作，是位相当出色的无与伦比的实验专家。为了搞清“蓝色地衣”在限氧下的生存可能，他取了一块完整的试样试验，试验结果证明其无法生存。他又进行了分割试验，结果证明“蓝色地衣”具有控制生物个体数目的自我抑制能力。他在关键时刻支持柯罗船长，并制止了戈顿杀害船长的阴谋。

“哈雷号”上的“蓝色地衣”终因缺氧，完全停止代谢，全部死亡。

5周后，“哈雷号”在接近月球轨道时与宇航中心的光信系统接通，不久，即顺利溅落于南太平洋南纬20°、西经160°的水域中。

《少年科学神探威威》，新蕾出版社，1997年6月，李新改编

威威奇梦

星　河

《威威奇梦》是24篇“小科幻”。一个梦一个故事，飞天下海、读书逛街、穿衣吃饭……日有所思夜有所梦，梦得奇奇怪怪，梦得天花乱坠，梦得出人意料……

送别外星调查员

威威在看书，书中写道：“……通过四维空间的管道，人不用开门就能进屋。说不定有一天，‘咣当’一声，一个外星人突然掉

进你家，门窗却都关着……”威威看到这儿，不相信真有这事。正在这时，“咣当”一声，威威见一个金属人躺在地上。“你是从四维空间管道里掉出来的？”威威问。金属人说：“好新鲜的空气！我本来用恒星光能合成能量，不靠呼吸维生，可这装置坏了，才从管道里掉出来。你们太阳系发生了磁爆，带电粒子流抛出来对智慧生物会产生不良影响，我要赶回去，让我们星球做好准备。我来太阳系就是调查这事的。可是我的能量不够了。”金属人向威威要能量，威威忙找出电池装在金属人后心，并在它背上一推。金属人慢慢变得透明，接着像一股轻烟消散而去。他成功地进入管道。几滴雨水打在威威脸上，他却满脸都湿了。

冰　孩

盛夏的一个星期天上午，威威和君君来班里出板报。他们到教室的角柜里找粉笔，却发现柜里结满了冰，钻出一个通体透明的“冰孩”。威威十分惊讶，他壮着胆问：“你是什么人？”那“冰孩”从冰堆里摸出一个透明小盒，威威猜想这是个翻译机。“冰孩”说：“我不是地球上的人，我是通过‘温度走廊’来的。你们这儿真热！我得赶快回去。”

威威问：“你现在能通过走廊找到家吗？”“当然能，我有控制室坐标，还有原子启动器。不过需要好多冰，把角柜装满。”

威威看到“冰孩”身上的冰开始融化，人也变得有气无力，知道“冰孩”怕高温，他马上跑到马路上，买来许多冰棍，一根塞进“冰孩”嘴里，其余的放进角柜。启动器被开启，“砰”的一声，威威和君君几乎被震倒，一股气浪挤出了门缝……

盗窃时间的表

星期六那天，威威站在体育场外盯着手中的票，世界足球邀请赛还要等一星期，“要是时间快点过就好了。”他自言自语。身边一个老头问："你想让时间过快点儿吗？"他掏出一块表说："这表能加快时间速度，调哪天就是哪天。"说着便往前调了一天。威威突然看见君君从外婆家回来，她往常都是星期天才回家的，同班男生游泳回来问威威："星期天背书包上哪儿玩？"威威这才反应过来，真的调前了一天。它真灵呀！老头走了，可表在威威手里，威威便动手调表，转眼就到了一星期之后，体育比赛已开始10分钟了。

看完球赛回家，晚上爸爸问他作业做好了吗？还没做呢！眼皮老打架，怎么办？调到下星期六晚上，明天做作业来得及。威威就玩游戏机，一下子玩到11点钟，正在兴头上，欲罢不能。他又调表，调到星期天上午。从此，他天天过星期天，逢期末考试就调到暑假。暑假结束六年级毕业升学，有困难，索性调到初一。

从五年级到初一、初三，又直接到高三，怕大学上课听不懂，便直接调到大学毕业工作吧！他成了教师，可他自己还不懂，没法讲课。狠心调到退休。他步履蹒跚来到校园里，看到水中倒影，头发没了，两鬓白发，满脸皱纹，牙掉了，眼花了。用5个月时间过完50年，他后悔了。什么也没干成，就到这把年纪。他恨表、恨那老头。如能返回童年，他绝不希望时间过得这么快。

旁边过来一个少年，很面熟。他不就是那老头么？怎么变这么小了？他恍然大悟，“你偷了我的时间！”少年说：“我和你一样想让时间快点过，一个老头给了我这块表，我拼命往前调，后来后悔了，刚好碰上你。你跳过的时间都给了我，我从头开始了，你也再去找个想跳过时间的孩子吧！”

威威拿着表去找！他能找到谁呢？

穿过无私的铁面

威威要参加模型比赛，去少年宫拿模型，因为没带证件，少年宫电脑门卫铁面无私不让进去，再三商量也没用。电脑门卫说：“擅自闯入后果自负，将遭到电击。”威威想起绝缘衣可防电击。他到轿车里取出绝缘衣裹在身上冲进门去，取出模型飞机，输入起飞程序，机器警卫们破门而入时模型飞机已冲上蓝天。他接受了机器警卫的束缚，但相信辅导员很快会来救他的。

不吃饭的秘密

威威观察同学陈翔不吃饭已3天，发现他参加了植物研究所的一项试验：人和动物能否像植物那样直接利用阳光养活。植物所的科学家从植物中提取叶绿素，加工后注入人体，人就能像植物一样进行光合作用了。其副作用是头发会变绿，要用染发剂染黑。威威当晚做了个梦：所有的人头发全变绿了，可他们再也不用在吃饭问题上花那么多时间和精力了。

《星际勇士》，四川少年儿童出版社，1997年7月，赵滁先改编

奇怪讯号与“爆炸谜案”

星　河

潮汐城是一座美丽的海滨城市。今年是建城1000周年，居民们准备大大庆贺。刚过元旦，自称兽王的人扬言要破坏庆祝活动。兽王和他手下的人都是以前因生事捣乱被开除城籍的。兽王说到做到：沙滩被撒上碎玻璃，街道被堆满垃圾……破坏者来无影去无踪。

警察局积极侦破，发现每次案发前都收到“嘀嘀嘀”的声音，但没法破译。警察局的胖局长请两位少年科学神探菲菲和莉莉来助阵。菲菲说：“这是时间间隔讯号电码。”局长没听明白，莉莉说：“比如说两次‘滴滴滴’相隔10秒代表A，相隔20秒代表B。”再听录音，每两次“滴滴滴”的间隔时间是不一样的。胖局长恍然大悟，马上叫人译电文。

电文译出来了：“狐狸接电，菲莉二人将到，潮汐城已不安全，今晚8时猩猩携情报与你在‘远虹’左后船舷接头，商议爆炸事宜。兽王。”菲菲、莉莉和胖局长迅速赶往“远虹”号。

“远虹”号是一艘豪华型旅游渡船，乘客是来自各地的观光者，狐狸藏在中间，猩猩怎么来接头呢？菲菲认定他将从海上来。

他们在船上控制室用声呐监视着海面，声呐像蝙蝠一样向外发出电波，如果碰到物体会反射回来，通过仪器判断就可知是什么物体。

突然，声呐捕捉到目标。这家伙在夜里能游得这么准？局长说："温度较高的物体发出的红外线都比周围物体高，在夜里可以识别，猩猩一定带着这类仪器。"胖局长还说："他手上、脚上一定有电磁爬高夹板！里面有高能电池，通电后产生强大磁力，可吸附钢铁。夹板外面蒙一层橡胶，可避免发生碰撞响声"。莉莉很高兴，胖局长也懂了不少科学知识。

狐狸没露面，猩猩想向回转时，警察把他抓住了。果然他带着红外夜视仪、电磁爬高夹板，还有炸药，但搜遍他全身，也没找到情报，审讯他，他一言不发。莉莉说："情报一定在他心里。我有办法。"不一会莉莉招呼菲菲和胖局长进审讯室，猩猩昏昏欲睡僵坐着。莉莉指着胖局长对他说："这就是狐狸，情报向他汇报。"猩猩说出了情报，还画了炸弹安放的示意图。原来莉莉用催眠术使猩猩进入催眠状态，并使他接受胖局长就是狐狸的暗示。他还描述出狐狸的形象。胖局长等迅速赶到"远虹"号，但狐狸已逃之夭夭。胖局长说："他们没有得逞。"菲菲说："兽王和狐狸不会善罢甘休！还会有新的阴谋！"

《星际勇士》，四川少年儿童出版社，1997年7月，赵涤先改编

时空死结

星　河

小时候就想玩玩电梯间那块控制板，今天电梯间空无一人，给了我机会。我同时按"慢上"、"慢下"钮，电梯间顿时震颤轰鸣，控制板上红光狂闪不止。我感到横向加速，原来"上+下＝南"！电

梯左右两壁突然收缩殆尽，扩展的空间中显现出无数座椅明窗，似一节冗长的地铁车厢。没待停稳我便跃身跳下，我判断车厢没走多远，徒步返回顶多1小时。估计这是个由密码控制的秘密通道。

四周夜色沉沉，我踏上归程，前方踱来一个黑影，来人高冠长袍，俨然宋代学儒或现代精神病患者的模样，他看见我也大惊失色，倏然消逝。我继续前行，一团黑影几乎触到我鼻梁，啊！是巨大的恐龙头！我转身就跑，可它的速度远胜于我，我僵立着，知道末日来临。

机枪使恐龙脑浆四溅。我故作潇洒："哪位朋友救了我，谢谢！"大汉端枪走来，我们不禁相对惊呼，那是三年前在京郊失踪的同学莫菲。他告诉我这里是一个时空死结，太阳不曾偏轨莅临，因而此地至今漆黑如墨。这里没有过去和未来，没有逻辑和因果；时空则随意更迭和组合，你刚在大西洋的海滩，醒来却发现一群始祖鸟往你头上拉屎；有时一道蓝光把时空分隔，脚下是22世纪繁华都市，而半米之外是震旦纪的宽阔海洋。但是有时也呈相对稳定状态。

莫菲赤身裸体贪婪地啃着恐龙肉，幸好他捡了挺机枪，不然提供肉的是我，吃肉者是恐龙了。我问："没办法离开吗？"他说有来就能回，不过只能靠"通道"。"通道"在不同时间、地点有不同的形式，有飞碟，有百慕大三角，不过它出现的周期无规律，进入它的几率也很小很小。显然，通道还有电梯——地铁。突然，我发现一些人在追赶什么，当我叫出声来，他转过身，疯狂喊道："通道！快追！"我迅速随他冲射出去。地铁以比我们快得多的速度接近我们，沿途抛下数以百计的竞争者。霹雳声中一道蓝光砍砸下来，擦过我肩膀，齐刷刷切向莫菲头颅，我惊呼一声！只见他那无首的胸膛依然前挺，两脚继续机械地向前运动，这就是所谓的时空分隔！他的身躯永远也追不上"通道"了。

我认出了熟识的车厢。一队不知何时坠入死结的士兵狙击着最后冲刺的人群。绝望的泪水溢满我的眼眶，我无暇顾及，眼看一年轻女子应声倒地，却没有丝毫救助的念头。渴望返归文明的粗野逻辑碾碎了最后一抹仁慈。我一跃扒住车厢，十指拼命扣进门缝，左脚用力蹬开车门，靠身体的自重摔了进去。

不知过了多久，地铁在复兴门站减速开门。间或有一两道诧异的目光扫向我鲜血淋漓的肩头和面孔。我赤着一只脚走出站口。

我徒步返回出发地。电梯运行如常，我见管理员正在擦去“电梯故障”的字迹。我再也不敢乘电梯，徒步爬上顶层。

《星际勇士》，四川少年儿童出版社，1997年7月，赵涤先改编

功德林

星　河

我躺在液压椅上，登月火箭5分钟后点火启程。这是我为在功德林里种一株银杏而进行的最后一次申请。

我幼时看过一组电视系列介绍——月球，是从那时起就知道功德林的。凡直接因月球事业殉职的人可进入功德林，管理者将种下一株由家属或殉职者事前已选定的树，并将殉职者的骨灰撒在树脚，树前竖立的金属板上刻着受难者的名字。当时的解说词给我留下的印象持久而深刻。

按理这殊荣是无法申请的。我申请了不下10回，我大力赞助地月中继站工程，加固10座月球城市的防陨磁场设施……耗资巨大。还立下遗嘱，将全部遗产捐赠给宇航事业——月球开发。遗憾的是我的这些努力都未奏效。

进入功德林的标准必须是“直接因月球事业而殉职”。钱有

价，生命无价。我也考虑到申请的困难。一年前，功德林植物培植的营养液奇缺，宇航局无力承担。我大笔一挥：开出后面有许多零的支票救急。为此我获得“月球第一名荣誉公民”的殊荣。可是我想进入功德林的申请仍被婉拒。管理者为难地说：“我们的原则就是公正，不便开先例。除非您横遭不幸于一次登月事故。”我不能肯定这话是戏谑还是暗示。

于是我决定向月球捐赠一批工业用黄金，并要求亲自押送。我买通了保健中心，伪造健康指标，使其符合登月者的身体状况。当然我知道自己有严重的心脏病，肯定承受不了加速时的超重。

我感到浑身一震，火箭点火了。再见了，可爱的地球，可爱的世界。

附录：功德林边一块草坪上的墓志铭背面

张星河先生在护送他向月球捐赠的黄金途中不幸因心脏病发作而仙逝，但他隐瞒心脏病史，违反了宇航禁例，所以不符合进入功德林的条件，不能给予张星河先生这种待遇。

但考虑到张星河先生一生对月球开发事业无可比拟的巨大贡献，特决定在功德林边开辟一块草坪，将其命名为“张星河”。

《星际勇士》，四川少年儿童出版社，1997年，赵滁先改编

同室操戈

星　河

太空城是21世纪最先进和最干净的空间城市。这里充斥着各种高级机器人，我们机器人警察心中充满自豪。机器人能不知疲倦地连续工作无数小时，但也换岗，换岗是为了定时例行检修，也是出于心理上的需要，还体现人机平等这一重要原则。

我走到道口中心那个警官身边。他的动作规范，态度认真，人类是很难做到这一点的。我夸他的指法玩得不错。说："你怎么值勤还戴着面具？怕被别人认出来？"我自己能感到这玩笑里的隐隐刀锋：想割开罩在他脸上的伪善面具。他回答我："这24小时是咱们机器人的万圣节，我刚从机器人夜总会下来，那儿可热闹了！"我怎么会忘记自己的节日？因为有一个地球人类混进了机器人警察队伍，披着一层金属外壳，伪装成低等机器人来抢我们的饭碗，还用了我的警号。虽然是出于随意，但这会伤害我的荣誉，我还会被强令开腔检查。幸好他被及时发现，在他被通缉的时候，我正站在局长对面，才有幸被局长在脸上重新打了一个临时警号。所以我要亲手抓住这抢我饭碗的人！亲手杀了他！

他的手语太好了，与我不相伯仲。目前保留我们这些低等机器人的原因在于还有一小部分飞船的驾驶员是人类，他们还习惯于手语引港，不愿接受机器人电波引导。他们是最后一批宇航员，一旦他们退休，我们也就该退休了。到那时候，就是有人想伪装机器人到这里谋职也不大容易了。因此一个真人想混迹机器人导航员中，必须把标准手语先练得出神入化。我说："可以让我看看你的脸吗？"在他环顾左右而言他时，我看准机会，照准他脖颈就是一下。他还手了，一脚踢向我小腹，一拳冲我面门，这是对付人类的看家本领，看来他伪装的道行还不到家。

最终我没制服他，反被他把我压在地上，他质问我：何苦不放他一条生路！我无奈作答："因为你会让我丢掉工作。"他愤怒地说："我们一点工作都没得做，你们太绝了。今天非毁了你！"他撬开我的护胸板，惊讶地住了手，因为他发现我也是地球人。他嘀咕着，似乎在说同行之间再砸饭碗岂非相煎太急。他头也不回地走了。

我很惭愧，便修复了自己的伤处。我诅咒这个不让人活的机器人的乐园。但我还得为它卖命！因为我饿！回到局里，局长安慰和夸赞了我一番，然后告诉我，局里已决定为所有机器人警官换配新的防伪电路板，在此前要对每一个警官进行严格把关。“不过，在此之前，我也要走了。”他摘下面具，“因为我是人装的，伪装了近一年半，很对不起，欺骗了你这么好的机器人部下。”

《星际勇士》，四川少年儿童出版社，1997年7月，赵滁先改编

狩猎旺季

星 河

李道是宇宙狩猎队队员，专为研究所捕捉未曾发现过的外星新品种。这次出猎不到半年就捕获了9个新品种，兽栏中最后一个还空着，燃料和给养还有，不如再多跑一个行星。想到这里，他就飞赴一颗最近的恒星。

电脑分析，在这个恒星系的唯一行星上元素成分与地球相似。他仔细寻觅，看到湖畔沙滩上，一个个蠕动的“小点”频繁改变形状，方形、球形、锥形，应有尽有，似乎是带有金属光泽的软体动物，但它们大如牛马。李道急速降下飞船，变形虫们已觉察，纷纷遁入湖底，飞船落点阻断了一只方形“变形虫”的逃路。在它向相反方向沙丘蠕去时，李道按下电钮，大网罩在“变形虫”身上。“变形虫”迅速变成星形，伸出触手把网撕开，钻出网外。李道别无他法，只得用电光将已变作球形的“变形虫”击昏。

太阳系里所有科研机构都设在月球，李道的飞船一降落到月球，直接把兽栏拉到宇宙动物研究所。接收员登记各动物的产地等资料，到10号兽栏时，怀疑地问：“这还活着吗？”李道说：“当然，只是被电击昏了，生命指标都正常。”接收员递给李道一沓信

用卡。

李逍没在月球多停留，便直扑地球，要不是这趟美差进入地月系，在人类早移民太空的今天，钱再多也难得回故乡观光度假。他躺在环湖礁的沙滩上，阳光倾斜在身上。突然一架巨大飞碟降落在他与树林之间。四周的人已逃向树林，他想跳海，但金属网架从天而降，竖在了他周围，飞碟中飘出一股香味，李逍昏厥过去……

敲打声吵醒了李逍，一个状若水晶的生物正在敲打他所在的玻璃柜。旁边一块“水晶”在向敲打者解释着什么，敲打者却充耳不闻，只是将一大串（晶莹鲜艳的玻璃珠子）金光闪闪的铸币递给解释者。

《星际勇士》，四川少年儿童出版社，1997年7月，赵涤先改编

无人押送

星　河

凡能进入太空的生物，其文明程度肯定不低。人类的宇航工程刚刚起步，只能算晚辈。“尘埃”号被巨大的外星飞船吸入腹中时，所有船员认为虽属意外，但在情理之中。

双眼突兀，皮肤多皱的外星生物首次踏进“尘埃”号时，宇宙文明学家举着万能翻译机友好地向它靠近。外星人严厉制止，文明学家继续向前，一道强光把文明学家击倒在地。

外星人刚一出去，大家便围拢来，医生看了一下说：“他是被轻度电昏，很快会恢复。”“太狠毒了，非找机会干掉它们不可。”机械师话音刚落，一道电光击中他左肩。船长思忖：“它们会听见我们说话？想逃生只能悄悄干。”一道电光将他击了个跟头。看来外星人还能听见人们用心“说”的话，船长把这点告诉大家。机械师

喊："总不能让咱们挨饿吧！再电我我也会这样想。"然而电光没出现。被封死的储藏室舱门重又打开了。

接下来的几天，人们逐渐了解，外星人要把船员连船运回它们的星球，但又不打算中途与他们交流。只要人们脑中产生对它们不利的想法就会遭电击。如是生理本能要求则能被满足。医生在心里奉承过外星人几次，没得到额外奖赏。

压制心中仇恨绝非易事。文明学家数次呼叫，它们不是不理，就是电击呼叫者一下：机械师乱砸舱壁，被电得遍体鳞伤；船长组织船员实施自救逃跑计划，换来的是电压升高；医生偷把氰化物掺进大家饮食，以彻底解脱痛苦，却被电得死去活来。人们明白了，任何反抗或反抗企图都是徒劳。再没人思考逃跑或危害外星朋友的问题了。

一天，“尘埃”号猛然一震，仿佛挨了一下电击似的。根据船员们的经验，外星飞船被流星击中了。然而，流星未能深及飞船内的“尘埃”号。由于外星飞船仍以原有航线继续飞行，于是这件事很快被大家遗忘了。

他们不知道，流星击穿了外星飞船舱壁，外星人因辐射全部死亡。目前导引飞船行进的是固有的力学定律。

《星际勇士》，四川少年儿童出版社，1997年7月，赵滁先改编

接港

星河

为了让男朋友高兴，我亲自来接港。大厅里对面坐的老妈妈，微笑着和我拉话，说是来接儿子——太空航班驾驶员。她记不住编号，只说儿子是高高的个子，红头发，眼睫毛好长好长。我突然想：这不是我男朋友吗？她是110108670709225的妈妈？我未来的婆婆大人？我问她儿子编号，她摇摇头说：“他的船好像是‘天什么’号，是地球-火星的定期航班，我算准今天回来，一早就赶到，包里都是我亲手烤的他小时候最爱吃的点心。这次他还要带女朋友来见我，她像你这样懂礼貌就好喽！”我知道船是“天潭”号。

扩音器响了。“由于检疫系统出故障，各天区的飞船集中从备用口检疫，会延长时间……”老妈妈慌了，我忙说：“不是您儿子有

病不让进港，是晚到一会儿。”集中一个入口，时间当然长一些，可她还是焦躁不安。扩音器随时报告检疫情况。“我儿子什么时候进港？”她太关心儿子，也不问我接的船何时进港。每次广播后她都要问：“该到了吧！”捂着心口说：“我心里多激动。”轮到“天潭”号了，我想搀起老妈妈，她却有气无力地把包递给我说：走不动了。要我帮她把儿子叫过来。

他出来了，一把抱住我，我告诉他：你妈妈在外面。“我妈？不可能，我妈住在月亮上。”“没错，她说高个子，红头发……今天下午进港。”“她说的准是110199681332285，我们航班有两个红头发，人家说我俩是双胞胎，他前天下午就到了，航班驾驶员一进港都直奔宇航员俱乐部。那小子说过，他妈爱唠叨，做上半年吃不完的甜点，他先要享受俱乐部免费高级饮食和娱乐，你先稳住老太太，我去找他回来。”

返回接港大厅，只剩老妈妈孤零零一个，闭着双眼。我蹑手蹑脚地过去。一个玻璃瓶从她手心落下来——“硝酸甘油片剂”，是一个世纪以前就用来控制突发心绞痛的。我急忙去推她，她却顺势倒在我怀里，脸色发紫，周身无力，鼻孔下没丝毫气息，只有嘴角边残留着一丝甜甜的微笑。

《星际勇士》，四川少年儿童出版社，1997年7月，赵涤先改编

第13张照片

星　河

我穿过走廊，敲响了局长办公室的门，采光不足的办公室散发着一股霉气，我适应了黑暗之后，辨认出局长坐在宽大的办公桌后面。在刚结束的任务中，星河殉职了。在敌国拥有合法身份外交官

的我，有义务向上司说清原委。

局长问："星河最后说些什么？""什么也没说，我去探望时他已无法张口了，只是拿出一张照片反复看，是他女友的照片，不让我带走。"我回答。

"你看了吗？""我当然看了。"窗外一个房间大概开关了一下窗户，玻璃的反光使得局长办公室像划过一道闪电，借助这道稍纵即逝的光线，我似乎看到局长眼里溢满泪水，也许他认为星河在结束自己职业生涯的最后关头，不该这般缠绵，也许，这是人之常情。

局长说："星河的任务完成得非常好，你看了他拍摄的'饭店'照片就知道了，我们通过各种渠道找到了这些照片，是近年来最有收获的谍报行动。'饭店'是我们对对方谍报机构的内部称呼。"局长摊开照片，给我一一讲解。

第1张是普通相机照的，察看"饭店"门外警卫制度是否严密。第2张是红外相机照的，看到"饭店"里岗哨密布。第3张是X光照片，"饭店"里的钢筋骨架一览无遗。第4张到第8张是微缩胶卷拍的"饭店"里的"菜单"，也是极为重要的情报。

第9张也是"菜单"的一部分，具有决定性意义。这次行动只想证明一个猜测：局里出了一个叛徒。如通过正常途径调查，难免被叛徒本人察觉，我不能判定相信谁，所以这次行动目的只有我和星河清楚。

第10张是一个人背影的模糊远景，星河拍下了那个叛徒。本来任务已完成，但敬业精神很强的星河，第二天擅自行动，想拍下叛徒的清晰面目。相机虽有十分先进的功能，但也极易被对方电子防护网发现，我们看不清那人的真面目，但至少说明星河已发现和确认了他。第11、12张模糊不清，据分析是在空中急速运动中拍摄的，星河一定已被发现，要照下叛徒嘴脸。相机虽被打掉，但他还有关键一招，他的左眼是假的。眼底藏有微型相机和一张胶卷，紧要关头启用，因此第13张就是叛徒的特写。遗憾的是星河自己无法把照片带回来了。这时秘书小姐送进一份卷宗，局长抽出材料，这时我感到浑身燥热。“星河想到叛徒本人可能会带走这张照片，他利用眼底相机对光学影像的强化型视觉暂留，可以利用任何一种物体为载体，通过凝视使眼底的光学影像附着其上，而载体只消另一个人看上一眼，光信号又会立刻从载体转移到视者的视网膜上，这一信号可保留半年甚至更长时间。只要等他回来，用特殊的光线照射一下他的眼睛，图像就会自动被复制出来。”“你是说……”我惊恐万状。“对，这最后一张照片上的人就是你！你——就是犹大！”

《星际勇士》，四川少年儿童出版社，1997年7月，赵滁先改编

飞碟纵队

许延风

公元2300年，联介同JQK国际航天飞行中心发射基地的最高首长戈兰将军收到绝密报告：发现一支神秘的飞碟纵队。为加强冥王星的防务，总部派霍克少将替换罗森将军，基地进入特级战备。同时联合国总部向全人类发出新闻公告。

罗森将军是军事工程太空战争专家，他部队中的战士都是死囚犯。他给他们以爱和做人的尊严，使他们成为有相当战斗力的赤诚战士。霍克少将好大喜功，没真才实学，很得意这一次调动帮他打击了劲敌罗森。罗森被调往海王星。

飞碟纵队来自太空飞梭系一个死亡星系恒星的X星，X星即将随恒星死亡。X星多比德国老国王是位贤明君王，他治理下的国家没剥削没压迫，百姓安居乐业。面临死亡，老国王命令每家抽一男

一女，由卡迪拉王子带领逃向宇宙，延续多比德王国的血脉。临走时，他硬把能干的辅佐他的首相艾米尔推上飞碟帮助王子。同去的有王子的未婚妻阿莉雅，族弟B卡迪拉王子。飞碟加速到光速的3倍，成了隐形飞行纵队。目睹X星死亡惨不忍睹的瞬间，幸存者悲痛默哀，在首相提示下王子忍住悲痛负起重任，举行了最简朴的加冕仪式，成了多比德王国的新国王。飞碟在太空中寻觅栖息之地。

由于导航官错发了命令，飞碟行踪被冥王星发现。霍克少将在喝酒解愁时听到报告，怀疑是罗森在搞鬼，不听副官劝告，下令立即出击。由于霍克到任后作风粗暴，经常打骂战士，大家又听说是跟罗森手下的飞碟作战，因而毫无斗志。军官欠里建议霍克向海王星求援，他非但不听，反而软禁欠里，直到冥王星快陷落时才向罗森求救。这时多比德国新国王已强行登陆冥王星，霍克驾飞碟逃跑，到基地总部后，诬告罗森内外勾结。

戈兰将军决定将罗森提交军事法庭。并命戴宁和他的既是秘书又是恋人的苏珊大尉任总部特派员，去海王星秘密调查。他俩乘坐民用宇宙飞船飞出不久，后面紧跟着另一艘飞船。通过联系后，在罗森派来的飞碟保护下，他们进入海王星，受到罗森欢迎。但后面的飞船被外星人掠走，原来飞船里是戴宁的妹妹戴羚。她是大学生，出于好奇要跟哥哥去海王星，哥哥不同意，就偷随在后，结果被卡迪拉王子劫往冥王星。

罗森明白自己部队的质量、数量都不如飞碟纵队，他准备死守海王星，同时向总部求援。戴宁和苏珊经过多方调查，为罗森作出公正评价。总部撤销对罗森的审查，被送上军事法庭的是霍克，总部还同意戴宁、苏珊留在海王星工作。苏珊在电视中发现冥王星中有戴羚，戴宁哭着要去救她。原来在戴宁的飞船进入海王星后，飞碟纵队发现民用飞船是海王星的同盟，就劫持了后面的飞船。接待戴羚的是国王族弟B卡迪拉王子。虽然语言不通，王子对美丽的战俘产生了好感，他大胆要求国王同意戴羚和阿莉雅一起生活，国王同意了。为解决语言障碍，他们将带来的万能翻译机改成语言翻译机，阿莉雅与戴羚加强了接触，增进了友谊。卡迪拉王子和戴羚也通过翻译机多次接触了解后，可以不用翻译机直接交谈，逐渐产生感情。为了在冥王星上长期生活下去，首相、卡迪拉王子和阿莉雅、戴羚一起研究把冥王星改造成为各种植物都可生长，多种小动物都能自由活动的良好生存环境。经过一段时间努力，他们取得了可喜成果，收获了第一茬庄稼和蔬菜。

这期间，海王星演习作战，出击一次获胜，鼓舞了士气，还撒了铁钉建立了小行星带。已经占领冥王星的X星飞碟纵队的国王与首相知道戴羚来自海王星，为结束这场战争，希望她发挥作用。

这时，纵队中已有100对青年相恋，首相建议国王与阿莉雅带头结婚，国王同意举行集体婚礼。在阿莉雅撮合下，戴羚同意与卡迪拉王子结婚。她提出等战争结束，取得哥哥同意后再举行婚礼，王子欣然同意。

国王的婚礼正在进行时，海王星发动了进攻。为了不让国王分心，王子参战，结果双方不分胜负。戴羚为作战双方揪心，她没心思参加婚礼，在花园里独自流泪。国王和首相都极感动，也认为戴羚是沟通他们与地球人的感情、寻求和平的最佳使者。国王、王子、首相商议军情，卡迪拉王子提出进行地球侦察，未获同意。但王子还是按自己的计划行动，秘密研制隐形飞碟，他的行动被戴羚发觉，她要同去，王子不同意戴羚参加。研制成功后，王子上飞碟时，戴羚已偷偷藏在飞碟中。隐形飞碟一路顺利飞过海王星，又来到发射总部，大厅里正在讨论作战一事。戴羚冲进会场，要求停止进攻冥王星，给幸存者一块地方繁衍生息……但是此行未获成功，戈兰将军已下令与飞碟纵队决战。航天总部下达最后通牒。

由于他们的行动，引来战争，国王责备他们，将王子和戴羚软禁作处罚。国王、首相带着战士们上飞碟出战后，王子和戴羚十分焦急，大声叫喊要求放他们出去制止战争。阿莉雅王妃知道海王星中戴宁少将十分骁勇，多比德国王出战凶多吉少。戴羚要求王妃放他们出去，并说戴宁是她哥哥，她有可能制止战争，阿莉雅虽同意放但却无飞碟，戴羚只能用来时的民用飞船，可危险性大。无奈中，戴羚与王子在飞船上用话筒录下喊话和唱歌，并一遍一遍播放。国王、首相和戴宁都听到了喊话，很想保护飞船，但无情的导弹把飞船击了个大洞，他俩双双倒在血泊中。戴宁、苏珊和国王及首相都进入飞船抢救，但为时已晚，一对金童玉女停止呼吸时，还在叫："别打了！"

国王对戴宁说："他们用生命换来长青之树，我国愿无条件投降。"戴宁向罗森报告，说明情况。回电同意。

戴羚和卡迪拉王子的葬礼隆重举行，双双葬在冥王星，国王和王妃，戴宁和苏珊都经常去吊唁亡灵。地球人同意把冥王星借给幸存者。国王和戴宁握手言和，准备共同开发宇宙，致力于发现新星系，开拓新星系。苏珊和阿莉雅望着他们，双双露出甜蜜的微笑……

《飞碟纵队》，明天出版社，1997年3月，赵涤先改编

太空卫士

许祖馨

我是"长城—CH1"号，是一颗能在空间作机动飞行的航天器，又叫太空卫士。有一双又细又长的"机械手"，专门清理太空中的垃圾。

身穿白色宇宙服的宇航员钻入了我的肚子——控制舱里。我要

去执行任务了。“呼”的一声巨响，我离开了地面，向无边无际的天空飞去。穿过大气层，我脱离了助推火箭，以7910米每秒的速度，来到了大气的最外一层——散逸层。在这里我行动自如。我看到地球同步卫星和空间轨道站等。

我猛然感到轻松，是动力火箭熄灭了，宇航员调整了我的方位，朝一个在空中飞行的已经报废的大型运载火箭冲去。它是20世纪80年代一个国家用来发射星际宇宙飞船的，虽已在大气层中焚毁，但其残骸仍在太空中高速运行。这种“太空垃圾”，威胁着航天器和宇航员的安全。

我与这废弃了的火箭并行，伸出了20米长的手臂，捉住了它。电脑控制点火机点燃了我的高速液压火箭，让它反方向起火。这时废火箭的速度慢慢地减了下来。当我们坠入到大气的电离层时，我手一松，放开了废火箭，不一会，它变成一个大火球，落入大气层焚毁了。我这个太空卫士又为太空除掉了一件“太空垃圾”。

刚完成这一任务，从控制舱的传声器里又传来了命令，有一空中飞行体残骸在X区影响卫星转播，要我速向X区飞去。

X区是距地面3.58万千米的地球同步卫星运行区。这几年来，各国发射了600多颗卫星，有近100颗已报废，为避免与正常工作的卫星相撞，让它们永久性地停泊在太空的“坟场轨道”上。但仍有一些火箭残骸留在X区域。我加快速度飞向X区，果然有一块残骸在作怪，我校准航向，靠近残骸，迅速伸出双手，及时把这段火箭残骸逮住，把它送进了“坟场轨道”。

完成这一任务，我心里格外高兴，因为我的这次工作过程，都由X区的卫星转播到了地面，你可以从电视里看到我。

现在我又要到P路轨道上去充加燃料和备用装置，我要去履行“太空卫士”的下一个光荣使命了。

《太空卫士》，南海出版公司，1997年1月，李鑫改编

奇怪的“窃贼”

许祖馨

滨海市特种异型钢管厂的工程师陈强，管理着绝密产品的储存室。

几天前的清晨，陈强来到储存室，突然发现放在塑料托架上的所有柚木盒子里的钢管都不翼而飞了。陈强清楚记得那天他在清点时，不见了钢管的踪影，窗子还开着，窗框上的一根根保险栏也不见了，窗户附近也看不出什么痕迹。他向厂里作了汇报，厂保卫科和公安部门联合侦察了几天，可是一无所获。

钢管的失窃，使得陈强像大病了一场。因为这些超微型的异型钢管是采用我国领先世界的特种钢材，经过复杂的生产工艺而制成的。为了防止泄密，所有制造工具都已销毁。

陈强焦急万分，请来了钢铁研究所所长沈冶飞教授。沈老到储存室察看了现场，他看到所有设备的金属部件，几乎全都变样或消融了。他用中子放大镜仔细检查了塑料托架和柚木盒，又观察了周围的环境，发现窗外离工厂不远的地方正在建造一座国际电信中转站；又了解到失窃的那天打着雷，刮着风，下着倾盆大雨。沈老临走时，让陈强后天去找他。

两天后，陈强来到了沈老办公室，沈老不在，桌上有一本翻开的《梦溪笔谈》，陈强就拿起书阅读起来。书里有一节讲到在宋朝，李舜的家突然遭到雷击，霎时大火从窗户冒出，窜上屋檐，人们赶紧出外。雷停后，人们回到房里，他们感到惊奇万分，房屋居然原样，但是放在木架上的银器和镶银的漆器上的银全部熔流在地；一把十分锋利的钢刀，在鞘中变成了钢水……陈强看到此时，沈老回来了，问陈强有什么体会。陈强不解地问：“难道是雷电搞的鬼？”沈老说：“我用中子放大镜观察到无数金属粒子，那天的雷电是通过那座电信中转大楼招来的；异型钢管是尖形的，尖状是最好的‘天线’，因此就将雷电引到了室内。而所有架子是用耐高温、耐高压的塑料制成的，所以这些架子丝毫无损，保持原样，而金属全被熔化了。”陈强听了恍然大悟，原来是电磁感应作用。陈强又焦急地说：“钢管又熔成微粒，而国防科委明天就要来提取，这如何是好？”

沈老从抽屉里拿出一根钢管，指着说：“这就是从带回的托架和木盒上‘变’出来的。现在你不用着急，只要今晚把所有柚木盒的托架带来就是。”

晚上，陈强和沈老走进了控制室，从电视屏幕上看到几个穿着陶瓷防护服的机器人，正在试验现场忙碌着。沈老拧动了高压、高热装置，霎时密封器里雷鸣电闪，一团团火球席卷着一只只倒置的柚木盒和塑料托架。一滴滴钢水迅速流进一只只模子。过了一会儿，产品冷却了，自动装置发出了信号。沈老打开实验室门，按下电钮，机器人把一批超微型钢管送到了陈强面前。钢管失而复得，陈强激动得难以自制。

《太空卫士》，南海出版公司，1997年1月，李鑫改编

太空风帆比赛

许祖馨

两年一次的太空风帆比赛是全球性的比赛，参赛的都是好手，佳佳对爸爸能参加决赛感到非常高兴。今天的电视也将进行实况转播。

佳佳也很喜爱这项运动，它要求运动员在浩瀚的太空中，巧妙

地利用太阳风驾驶风帆。太空风帆的制作更有意思，用只有蜘蛛丝的1／5粗的特种金属丝织成的风帆，其面积足有1万多平方米，可折叠起来却只有手表那么大，才几百克重。这种金属丝还特别耐高温高压，导电性能也好，对高能质子还有强大的吸引力，凭这股引力使太阳产生最大风力，推动风帆前进。此外，在风帆上还装有精巧灵活的操纵机构和能动装置。

“啊哟！不好！”佳佳从屏幕上看到爸爸的风帆突然慢了下来。

是的，风帆发生故障，佳佳的爸爸迅速打开检测仪，从仪器的参数变化，发现事故引起风帆尾舵颤动，影响了行进速度。佳佳的爸爸调整了尾舵操纵线路，调整了尾舵的表面张力，终于抑止了尾舵的颤动。风帆鼓足太阳风，平稳而又快速地向前冲去，终于爸爸第一个冲到了终点。

“成功啦！”佳佳和妈妈在电视屏幕前兴奋地大叫了起来。

《太空卫士》，南海出版公司，1997年1月，李鑫改编

爷爷在太阳城

许祖馨

接到爷爷的电报后，我就坐上飞船赶往太阳城。这是一处专为老年人建造的疗养地。

太阳城建造在一个很大很大的气泡里。气泡内是一望无际的沙漠地，长着无数奇花异草。我循着歌声走去，沿路看到闭目养神的老奶奶，打太极拳的老爷爷，还有……啊，我终于听清了他们唱的歌词：“我们的生活充满阳光，啦啦啦。”

我来到爷爷面前说：“您好，我们可想您了，您在这里好吗？”爷爷兴奋地告诉我：“好，太好了。太阳城有一个由太阳能控制的完

整系统，由各种自控仪器，调节着温度、湿度、风速，还装有多种防辐射、防磁暴的自控装置，使太阳城内阳光和煦，空气新鲜，成为真正的世外桃源，疗养胜地。在这里的爷爷、奶奶们感到格外舒服开心。”

爷爷还告诉我，来这里才1个月，可身体变化太大了，白发变黑了，皮肤变细了，牙根处长出了新牙……晚上，他们钻进睡袋睡在沙漠地面，暖和极了。他的关节炎和气管炎也治疗得差不多了。他变得年轻多了。

我望着爷爷那容光焕发的面容，赞叹着太阳城创造的功绩。

晚上，我做了一个奇异的梦，梦里见到世界上的爷爷、奶奶都住进了太阳城。

《太空卫士》，南海出版公司，1997年1月，李鑫改编

农场度假记

许祖馨

8月2日，应萍萍乘上双层气垫式高速公共汽车，来到总园艺师的叔叔工作的农场度假。1万多千米的路程，只用了半小时就到了。

农场很大，一行行高大的白桦树直冲云霄，翠绿的大地耸立着一幢幢奶白的房子，土地十分整洁。萍萍不一会来到了叔叔办公室，只见办公桌上放着各种各样的水果，有紫色的大葡萄、碧绿的大西瓜，金黄色的大甜瓜……萍萍边吃葡萄边问叔叔：“这么大这么好的葡萄是怎样培植的？”

叔叔神秘一笑说：“过几天带你去看一下，就知道了。”

一天，叔叔带萍萍去一个只有顶没有墙的玻璃棚，棚高约10

米。叔叔指着棚顶说："这棚可给农作物施加光肥，不同颜色的光对农作物起不同的作用。蓝光四射，使作物蛋白的含量增加；红光能加快成熟；黄光能加快生长速度。"说着，他按了一下按钮，玻璃棚即刻变成了黄色。

他们来到葡萄区，沉甸甸的葡萄藤上都装着一对对微型高频耳机，叔叔说："这耳机是用来让葡萄听音乐的，声波可以转为声能，声能又利于植物中水分和养分的输导，加快它们的新陈代谢。每天听3小时音乐，一串葡萄就能长到10多千克。"

葡萄区旁是番茄区、金橘区、西瓜区……连绵数千米，一望无际，目不暇接。

几天后，他们又来到黄瓜地，瓜藤上缠绕着许多电线，叔叔说："这是在为黄瓜施加电肥，在200伏交变电压下，黄瓜的光合作用可增加1倍。在黄瓜长瓜期，施加90伏电压，结瓜率可增加3倍。在电的作用下，生物体内物化过程加快，能提高二氧化碳的吸收能力，植物就生长繁茂，产量提高。"

应萍萍完全陶醉在农场有趣的生活之中，学到了好多书本上没有的知识，大开了眼界，立志长大后当个优秀园艺师。

《太空卫士》，南海出版公司，1997年1月，李鑫改编

考场风波

许祖馨

小坦尼亚和同学们有一只机器猫咪咪。咪咪的本领很大，可以想出多种花样陪孩子们玩，还能帮助解答问题。

今天，他们要参加全国统考，想依赖咪咪考出好成绩，风波也就由此而起。

考场十分宁静，考生们信心十足地在答着考卷，监考老师对此非常满意。

突然，考场中心打来电话，警察局情报处发现考场上空出现奇异电波，要老师注意考场动向。

神探亨特赶来了，他隐入考场，发现考场内确有一种奇异电波，竟有八成学生在接收，接收器安装在笔的中部。

亨特顺着电波很快找到了电波源，它是从某高楼501室发出的，户主就是坦尼亚。亨特利用隐身术潜入房内，在坦尼亚的床下发现了机器猫，此时机器猫还在得意地发送着电波呢！于是亨特发出电波截断了机器猫的发射波，并用手去抓它，不但没抓住，反而被它碰得很痛。亨特火了，拿起警棍就打，“乒”的一声警棍被重重地弹了回来。机器猫做着鬼脸，东奔西跳，房间内的东西被弄得一塌糊涂。

与此同时，考场内也不平静，学生们有的摇头、有的叹气、有的停止了答卷，还有的要小便……原来孩子们因为收不到机器猫的信号，都惊慌了起来。

这时，机器猫和亨特打到了街上，而且越打越来劲。机器猫虽矮小，可本领却很大，一会儿用爪子抓人，一会儿用尾巴打人，就连警棍打在它胡子上也会被弹回来。亨特使出了浑身解数，还是不能制服机器猫。

正在此时，坦尼亚和同学们，还有家长们一齐围了上来，亨特和机器猫这才停止打斗。

老师批评机器猫：“你害了孩子们……”孩子们不好意思地异口同声说：“是我们不好，不能责备机器猫。今后我们要靠自己，考出好成绩。”

《太空卫士》，南海出版公司，1997年1月，李鑫改编

太空电站参观记

许祖馨

舅舅是太空电站的操纵工。今天我要去太空电站，看看舅舅到底是怎么工作的。

8点30分，“砰”的一声巨响，飞船离开地面，以7910米每秒的速度向太空飞去。过了20分钟，一颗陀螺状的地球同步卫星向飞船靠拢，107区到了，舅舅已在那里等我。

我迫不及待地问舅舅：“太空电站在哪儿？”舅舅指着一个悬挂在空中的庞大的球状建筑物说：“那就是太空电站。”

一眼望去，只见它身边还有一块很大的发光体，美丽极了。舅舅告诉我，那是块巨大的光电板，太空电站是靠它来收集太阳能的。

我们坐上交通艇向太空电站驶去，来到了舅舅的工作室，工作室里布满了仪表、机器、显示屏幕、操纵开关。这儿的自动化程度极高，都是由电脑按程序操作的，舅舅的工作就是给电脑作超前指示，及时处理电脑反馈过来的各种问题。

“嘟、嘟、嘟！”电脑发出了叫声，舅舅按下一个电钮，屏幕上立即显示出一束太空垃圾落在光电板上，它影响了太阳能的收集。舅舅又立即按了一组电钮，只见几只机械手伸了出去，把垃圾清除了。

舅舅向我介绍：太空电站不用电线。光电板收集太阳能后，由太空电站的机器变成高能微波，再发射到地面接收站，接收站是利用一根8000米长的天线把微波变成电流的。

我们正谈着，突然1号监视屏上的红灯亮了，舅舅马上打开开关，看见一块大型的太空垃圾正向电站飘来。舅舅马上换上太空服，进入太空。我从屏幕上看到舅舅慢慢靠近垃圾，迅速打响激光枪，“嘭”的一声，太空垃圾立刻粉身碎骨，飘向别处。

“太伟大了！”我情不自禁地叫起来。

片刻后，舅舅回到电站。我用惊异、钦佩的眼神，看着这位人世间最伟大的操纵工。

《太空卫士》，南海出版公司，1997年1月，李鑫改编

子午星上的神人

许祖馨

小哈哈的爸爸妈妈在子午星上接受了星球考察指挥中心交给的任务：到太阳系的地球进行实地科学考察。但是他们乘坐的飞船中途就出了事故，只好让小哈哈单独去完成任务。

小哈哈飘落在地球的一个孤岛上，老渔夫凡尼爷爷和猎狗飞飞把他接回家里，从此，小哈哈和凡尼爷爷一家开始了不平凡的生活。小哈哈来自子午星，自然具有超凡的能力，他能隐身，能突然腾空而起，还能发功似同激光，靠这些本领小哈哈帮凡尼爷爷击退了海盗，制服了海中猛兽、独角兽、大鲨鱼、大蛤蟆和四不像。当然爷爷的女儿和猎狗飞飞，也给予了支持与配合。在战斗中，小哈哈还与大海龟交上了朋友。大海龟来自海底王国，本领很大，能随时把自己变成人。它生性和善，乐于助人。小哈哈还在独角兽身上装了纱罗姆信号接收器，使独角兽成为他的得力助手。

一天，凡尼爷爷出海打鱼，突然遭到甲寅星人绑架，小哈哈立即前去营救。甲寅星人正在岛上制造机器人和巨兽，岛的四周有异样怪波使人难以接近。

为潜入岛内，小哈哈和独角兽商量，请它的朋友魔岛机器人小

头目达加帮忙带路。独角兽和达加都是由甲寅星人制造的，在达加身上也装有纱罗姆信号接收器。小哈哈在达加带引下潜入魔洞，因首次进入且因洞内警卫严密，小哈哈不慎触及警报器，受伤而回。虽说出师不利，但也了解到洞内不少情况：外星人和机器人工作秩序井然，制造设备先进，安全防范严密。也知道了黑虎王、大蜈蚣等的厉害，要不是黑影相救，小哈哈早就死在魔洞内了。小哈哈很感激黑影，但不知他是谁。小哈哈下定决心要救出凡尼爷爷和地球人，于是在伤愈后与大海龟、独角兽和达加再次潜入魔洞。当他们进入洞内，发现敌方加强了警卫，防盗检测仪增加了不少，怪波装置不停地在搜索着。尽管他们躲过了不少陷阱，避开了一道道防线，但还是在进入绝密区时被发现了，警报声震耳欲聋，一场恶战随即开始了。黑虎王、多头怪和大蜈蚣全都压了上来，使出了各种绝技，把小哈哈打得落花流水。形势对小哈哈很不利。可就在此时，小哈哈耳边听到黑影提醒要他发放纱罗姆信号。于是小哈哈发出纱罗姆信号，只见洞内所有机器人反戈一击，全部冲向大蜈蚣、多头怪。黑虎王带着喽啰们狼狈而逃。小哈哈赶到关押凡尼爷爷和地球人的地方，发现黑虎王已将他们转移至月球。小哈哈急忙赶去月球，见到了凡尼爷爷，但因寡不敌众，只得返回地球。哪知多头怪和月亮圣紧追而来，于是小哈哈设下计谋，月亮圣和多头怪掉入陷阱被捕。黑虎王眼看两员爱将被捕，就请黑豹公出面求和，条件是交换人质，退出地球，永不侵犯地球人。黑豹公就是黑影，自然愿意作调和人。

凡尼爷爷和小哈哈重逢，欣喜万分，黑虎王和黑豹公带甲寅星人一起回到了甲寅星。

《太空卫士》，南海出版公司，1997年1月，李鑫改编

野人考察队的奥秘

许祖馨

省奇异动物考察队决定派老陈、大李和小周赶赴山村燕子坪，考察那里闹野人的奇事。

考察小分队来到燕子坪后，村上的孩子们特别高兴，尤其是龙生和欢生俩兄弟。人们都想看看考察队是如何对付野人的。当人们看到考察队仅仅带了几只小盒子，大家都迷惑不解。晚上，考察队住屋里传出“哇哇”、“呜呜”和“吱吱”的叫声。龙生和欢生偷偷溜到窗下，看到考察队员正在摆弄着几个小盒子，从盒内不时发出狼叫声、狗叫声。

第二天，人们来到了葫芦谷，所谓谷实际是个群山环抱的盆地，它是粮食主要产地。考察队员正忙着将盒子藏到东南西三个方向的玉米田里，人们紧张地搬运着死野兽，把它们撒在葫芦谷北面的一大片田里。这是为野人们准备的食粮。

夜深了，人们围着考察队员，焦急地等待着野人们的到来。大李认为是时候了，于是拧开小盒，顿时东、西、南三面悠悠地响起“呜哇”的声音，不一会儿，大李关上开关，随即北面传来了呜哇声，这时出现了一大一小两个野人。透过红外线望远镜，人们看到野人狼吞虎咽地大吃了起来，边吃边跳，边舞边吃，显得兴奋异常。估计野人吃饱了，大李又打开了小盒，开始是各种野兽的嚎叫声，以后是山狗的尖叫声，声音来自东、南、西三个方向，野人吓得直向北奔去。

当大家赶到北面田头时，发现兽骨狼藉一地，剩下几只大野兽还没来得及搬走。

回到村里，在考察队的住屋里，大李指着一台小巧玲珑的仪器说："这是台高效微电脑接收机，靠它我才能接收到装在野人身上的发射机发出的声音。发射机是小周冒着生命危险装到野人身上的。"小周接着说："我使用了脑电波振荡器，在这种仪器作用下，使野人脑电波受到共鸣，处于睡眠状态。待野人深睡后，我才将薄如纸片的超微型发射器用高强度胶水粘贴在野人的后颈上。以后我们可以随时了解到野人的情况，只有这样才能掌握野人的生长生活规律，保护好这一国宝。"人们听后啧啧称好。人家赞美考察队为村民做了件大好事。

夜深了，龙生和欢生还久久不能入睡，仿佛耳边不时响起那高亢的野人叫声。

《太空卫士》，南海出版公司，1997年1月，李鑫改编

塔米果

阎　睿

人们对塔米果的迷恋已到了狂热程度。联航部长决定：从塔米星大量引进种植这种水果。5个月后，当地球联盟秘书长品尝了这种水果后，进口塔米果种子的计划得到批准。

两年后，生长出来的塔米果没有了鲜黄、光亮的本色，个儿小，别说吃，看了都倒胃口，地球联盟总部准备向塔米星起诉。塔米星来使说："这里的土质不适合，得改良土壤。"于是，一大片试验田开辟出来，两年后，长出了鲜美、个大的塔米果。由于地球上水质好，塔米果比原产地还味美。这种外星水果被抢购一空，地球上所有的水果商都经销塔米果，于是，改种塔米果便在果农中流行起来。

塔米果结果少，一棵树只结五六个，满足不了人们的需要，于是又请教塔米星来使，他说：“这里的昆虫不会采塔米果的粉。”于是引进了塔米虫。塔米果长好了，塔米虫却泛滥成灾。因为地球上早就停止使用化学杀虫剂，地球上的鸟也对塔米虫退避三舍。

于是，又从塔米星引进塔米鸟，连塔米猫、塔米狗、塔米科学

家、塔米农夫一起带了回来。地球变得一片金黄，到处是塔米果、塔米虫、塔米人。一天，一艘外星飞船来地球，那个披着白绒毛的智慧生物一到地面便说：“我来到了塔米星，这里跟那本画报《美丽的塔米星》一模一样！”

人们听后傻了。

《科幻世界》，1997年第4期，施鹤群改编

文明的故事

杨冬成

我的酒馆是怀旧人们的活动场所。那人呆呆地坐着，一杯杯地喝着酒。他终于开口了，向我讲了一个故事。

“我就职于一家大公司，受不了无所事事的气氛，我要实现自我价值。一天，我注意到一家软件公司推出一种叫“文明的故事”的游戏。它没有游戏规则，没有程序上的限制，是一种不同于现实的真实环境。我有了实现自己梦想的机会。

“我进入了奇妙的世界，首先是在罗马帝国与历史上的伟大将领交战。我一一击败他们。我的征服欲一发不可收。我建立了一个强大的帝国。我的成就不是轻易得来的，玩这种游戏的人中，所有的人都发动过战争，几乎所有的人也都失败了，尽管我最终胜利了，但也经历过失败。

“控制庞大的帝国是件了不起的事情。很长一段时间，我扮演着消防队员的角色，在我被弄得焦头烂额的时候，我遭到暗杀。刺客不是一个职业杀手，他用诗人的语言历数我的暴行，眼睛里充满刻骨仇恨。我开始怀疑虚拟中的人物是不是真实存在？如果他们是一架机器的产物，那我们就是另一架机器的产物。他们和我们之

间，只有身体组织上的差异，但都是有意识、有理性的人。

“我宣布释放那刺客，遭到帝国大臣们的反对。我越思考，越觉得他们跟现实世界中的人们一样有理性。自从我迷上这个游戏后，上班时就心不在焉。我对游戏倾注了全部心血，它已成了我生活的主要内容。这种游戏在我们公司也吸引了许多人。

“我继续进行我的帝国事业，停止了无谓的争斗，从各地撤回军队。大臣们对我不满，我撤换了有改变倾向的大臣。我对内也不再横征暴敛，我要让人们发挥各自的积极性和创造性，创造出一个产生天才的环境。这样，文明的进程大大加速。就在我的国家繁荣昌盛时，日本人发动了闪电般的进攻，占领了大片领土。我发表了广播演说，全国的力量被动员起来，我们成功地在首都附近进行了一次战役，顶住了日本人的进攻。日本人投降了，正义得到伸张。

“我们也付出了沉重代价，国家几乎被炸成一片废墟，它大大地激发了我们重建家园的决心。我们用不可思议的速度治疗战争创伤，满目疮痍的世界被美丽的河山代替。正当我陶醉于自己的伟大成就时，电子游戏动摇了我的帝国的文明基础。年轻人像现实世界中的我一样沉湎于电子游戏。我苦心经营的文明大厦根基动摇了。我庆幸及早发现了隐患，下令禁止生产游戏软件。但当我回到现实环境时，却发现无数人沉湎于游戏。这引起了政治家的警觉，国会通过了限制制作软件游戏的决议。”

他不再说话了，他已是回到现实世界中的酒馆顾客。酒吧中所有客人都走了，但他仍沉浸在悲痛中，我劝他振作起来，他却问：“你相信游戏世界中的人，也和你我一样是活生生的人吗？”我不知道该怎么回答，我想到了哈姆雷特说的：“是生，是死，这是个问题。”他也重复这句话，摇摇晃晃地走出酒馆，消失在夜幕中。

《科幻世界》，1997年第12期，方人改编

太空三国战

杨　鹏

黑天、凌波、水晶三个星球共和国原本和睦友好，后来黑天星被邪恶之徒夺取，成为对内实行恐怖统治、对外侵略扩张的黑天帝国。凌波国星主获悉黑天帝国图谋侵略，派出航天司令威天士去最边缘的军事要地铁甲行星视察。发现黑天帝国用调虎离山之计，明里放出金甲虫佯攻，暗地调集流体机器人进攻，威天士采取全息幻影的办法，用“金蝉脱壳”计使黑天帝国之帅猛天士上当，将黑天帝国的阴谋粉碎。

凌波星主的女儿龙吉公主是航天大学学生，仰慕威天士，请求星主同意她协助威天士御敌。她去水晶共和国求援，途中遇黑天帝国战斗机袭击，幸得威天士解围。龙吉公主在水晶国大将冲天士帮助下，采用“围魏救赵”的计策，进攻黑天帝国主星系，帝国之帅猛天士不得不停止攻击凌波国，撤回军队回国防守。一场宇宙大战正式爆发。

水晶共和国星际舰上连续9艘太空飞船被不明天体拦截，十几名具有丰富太空航行经验的指挥官遇难。此时指挥部决定由冲天士亲自驾驶具有侦察、进攻双功能的“蜂鸟”飞船出击。龙吉公主趁冲天士不备暗中进入飞船。在空中，“蜂鸟”遭受绿光射击，与其他9艘飞船一样，被迫坠入沙丘。冲天士走出飞船，被沙人、怪鸟、蝙蝠、骷髅连续进攻。龙吉公主通过思维告诉冲天士，黑天帝国利用“借刀杀人”计，哄骗一智慧生命体向水晶国复仇。战胜它的办法是向东50米，用枪向地上的生命体大脑扫射，破坏其组织。冲天士到达目的地，拔枪扫射，大地突然抽搐，从地下冲出火样的鲜血。冲天士终于脱险回到飞船，飞船无损，但公主不见了。

原来公主坠入沙地后，眼见冲天士和沙人搏斗，正要帮忙，突遭宇宙太空猎手乔巴卡袭击。他将龙吉公主击昏，弄出船舱扛到自己身上，准备卖给黑天女王做人体标本。此时龙吉公主的思维脱离躯体，她帮助了冲天士。飞船重升太空时，她告诉冲天士自己已被劫持。

凌波星主召开高级会议，33个高级指挥官乘坐“泰坦号”飞船去主星开会，被黑天帝国的猛天士获悉，派出宇宙杀手用“偷梁换柱”计，将官员全部杀死，并冒充高级官员找到凌波星主，正要逞凶时，被威天士解救，凌波星主才免遭劫难。

黑天帝国星主不甘失败，又派出美人哄骗商人阿文，将有巨大破坏力的毒蜘蛛混入玩具中，让阿文带进水晶国，造成整个星体瘟疫传染。这是黑天国又一计策——“以逸待劳”。水晶国的行星体科学家经过半个多月奋战，终于发明“灭蛛灵”，将阿文带来的毒蜘蛛消灭。

乔巴卡将龙吉公主带到黑天女王处，钱没要到，却被抓了起来。

黑天星主又制造出一个假龙吉公主，去接近正在海神星视察的水族王子。王子被“公主”迷住，立即举行婚礼。婚礼中，海神星主遭到突然袭击，又亏冲天士解救，抓住假公主，弄清真相，水族王子才明白中了“美人计”。

凌波星主和水晶星主共议打击黑天帝国的计划时，接到龙吉公主的思维信息，告诉父亲她仍处于冬眠状态，被藏在黑天帝国的“极限地带”，基地内有个巨大的核武器库。冲天士献策，用“明修栈道，暗度陈仓”计。商人阿文愿意将功折罪，去完成进入核武器库前的一个主要任务——毁掉极限地带动力保护装置。发动进攻时，水族王子负责掩护，威天士带人进入武器库。阿文顺利地毁掉保护装置，但不幸被捕。威天士在核武器库放好质子炸弹，离开基地。猛天士得讯返回，正好武器基地一声巨响，核武器全部被毁。水族王子因要救龙吉公主，坠入深渊，被关进太空监狱。

冲天士又用“打草惊蛇”计，收复失地获得成功，还救出了太空猎手乔巴卡，冲天士却在与猛天士决斗中牺牲。凌波星系的超霸战士与黑天帝国的宇宙杀星最后决战，超霸战士击碎了宇宙杀星的眼珠，使他成为瞎子，把他扔进汩汩冒泡的岩浆里。黑天帝国的战局一下由战略优势变为劣势。

凌波共和国派出神秘战舰进攻黑天帝国，黑天星主威胁利诱太空猎手乔巴卡只身潜入水晶宫，盗取情报。乔巴卡在途中得悉，黑天星主已在他的战斗机上装上离子炸弹，只要偏离航向，飞机就会自动爆炸。乔巴卡无奈来到水晶国，见到当初救他的恩人星浪，星浪已经通过龙吉公主思维传讯，了解了黑天女王的阴谋，并告诉乔巴卡，他们正采用“声东击西”计进攻黑天帝国。乔巴卡决心帮助弱者。他返回黑天帝国假报功，又利用功臣特权，去到太空监狱救出水族王子，并化装成帝国士兵去放置公主冰棺的地方救出公主。

凌波和水晶联军打到黑天帝国，帝国的最后王牌军超龙魔神被超霸战士击败，女王和猛天士潜逃。水族王子让乔巴卡保护公主，他去紧追女王，爬进女王的太空飞船，将核弹放在飞船尾翼，最后与女王、猛天士同归于尽。地面上的人看到两个黑色的魔鬼在星光中坠落，永久地消失于黑暗之中，同时也在璀璨的闪光中，见到一颗耀眼的流星划过，在瞬间闪亮中走向光明。

和平重新回到人民手里，水晶星主和凌波星主在黑天主星会师，举杯同贺。龙吉公主重新见到了威天士，但他因为被战争夺走了肉体，成为一个复合的机器人。谁都知道，人和机器是不能结婚的。

《太空三国战》，新蕾出版社，1997年6月，周肖改编